赤い珊瑚と、甘い棘

恥ずかしそうに小さく笑う。子供のような、無垢な笑顔だ。

（本文より抜粋）

DARIA BUNKO

赤い珊瑚と、甘い棘

弓月あや

illustration✻カワイチハル

イラストレーション❋カワイチハル

CONTENTS

この作品はフィクションです。
実在の人物・団体・事件などに一切関係ありません。

赤い珊瑚と、甘い棘

1

「火事だ！」

大きな声が辺りに響きわたったのは、夕暮れの逢魔《おうま》が時だった。

燃えているのは、この辺りでは一番の財産家である、伊藤《いとう》子爵家の敷地内にある蔵だった。


時は元号が大正《たいしょう》に変わり自由主義華やかかりし頃。

人々は明治《めいじ》から文明開化と浮かれているが、この屋敷は慶応《けいおう》の御世《みよ》から変わりがない。

町のはずれに建つ、洗練された数寄屋造《すきやづく》りの伊藤子爵家の邸宅。その広い敷地内の一番奥に建てられた蔵は、まさに火の海だ。

炎の勢いは激しく、消火のために中に入ることもできない。

「水だ、もっと水を汲《く》んでこいっ！」

「無理だよ、もう天井に火が回っている。ほら、上の窓から、黒い煙が出ているだろう」

「消防組はまだかっ、いったい、なにをしてるんだ！」

「お、奥様っ、こいつぁ、いったい……っ。普段、火の気なんかない蔵で、どうしてまた」

奥様と呼ばれているが、まだ年若い女性は、火が出た蔵を無言で睨《にら》みつけているだけだ。

その様子を見た人々が、慰《なぐさ》めるように声をかけた。

「奥様、中の家財は残念ですが、旦那様も大奥様も外出中で巻き込まれていらっしゃいません し、使用人どもも、皆、無事です。不幸中の幸いですよ。なにより、人命が一番ですから」

火の手を見守っている使用人が、慰めの言葉を口にした瞬間、中から「いいえ」と震える声がする。

「いいえ、違うっ、待ってくださいっ」

「お美津《みつ》、どうした」

まだ少女といっていい年頃の小間使いは、黒煙を上げて燃えている蔵を指差し、毅然《きぜん》とした声で言う。

「あの火の中に、子供がいます！」

「なにを言っているんだ。屋敷に勤める使用人は、ぜんぶ外に出ている。ほら、よく見てみろ。第一ここのご夫婦に、お子さんはいない。お美津だって、よく知っているだろう」

お美津と呼ばれた少女を諌《いさ》めるように、年嵩の使用人が言った。

この家に、子供はいない。夫婦どちらの問題か使用人に知る由もないが、この家にいるのは旦那と奥方、年老いた姑《しゅうとめ》だ。だが、お美津は頑として意見を曲げようとしない。

「子供はいますっ。この蔵の奥に座敷牢《ざしきろう》があって、その牢に、鎖《くさり》で繋《つな》がれているんですっ！　いいえ、子供っていうより、もう少年っていう年頃の子が……っ」

その強い語気に、使用人は言葉を失った。しかし、お美津の言葉を遮《さえぎ》る声がする。

「座敷牢？　ばかばかしい。そんなものが、伊藤子爵家の蔵にあるわけがないでしょう」

この伊藤子爵家を取り仕切る奥方は、きつい口調で言いきった。

「使用人は全員、外に出ています。中に誰もいません。ましてや、壁に鎖で繋がれた少年なんて。馬鹿らしい。この人は、火事で気が動転しているのでしょう」

「いいえっ！　あたしは奥様のお言いつけで、繋がれた子のお世話をしていました。憂《ゆう》様ってお名前の、大人しい子です。憂様は鎖に繋がれているから、逃げられません。火の中に、まだいるんですっ」

必死の形相《ぎょうそう》で言うお美津の言葉を、使用人たちは固唾《かたず》を呑《の》んで聞いていた。

「だ、だけど、この家で子供など見たことがないよ」

年嵩の下働きが言うのに、使用人も頷《うなず》いた。

「そうだな。俺もこの家に勤めて長いが、子供の姿なんて、見たことがない」

「お美津は火事のせいで、動転しているんだよ」

「ちがう、違う違うっ！　憂様は、まだ中にいる！　誰か、憂様を助けてくださいっ！」

声を張り上げれば上げるほど、人々は同情の眼差しを向ける。年若い小間使いが、火事なんて悲劇に遭遇したのだ。慌《あわ》てて変なことを口走っても、無理はない。

「ばかばかしい。さっさと火を消しなさい。それと、その女を黙らせて。耳障《みみざわ》りだわ」

吐き棄《す》てるように言った奥方の声に、お美津の叫びが被った。

「奥様が火をつけたんです！　憂様を鞭《むち》で散々打ったあと、行灯《あんどん》を蹴って、火をつけました！　あたし、見ました！」

この言葉に、さすがに皆が息を呑む。この小間使いと、お屋敷の奥方の言い分、どちらが正しいか。それを比べるのは、使用人たちにとっては難しすぎる。

だが、使用人は知っていた。お美津は地味だけれど、誠実で、優しい少女であると。

そして奥方は気が短く、癇癪《かんしゃく》持ちで、使用人をつねに見下す性格であることも、誰もが承知していたのだ。

「お、お美津よ。口がすぎるぞ」

「だって、このままじゃ憂様が焼け死にます！　憂様はなにも悪くないのに！」

わぁっ、と泣き出したお美津を、使用人たちは抱きかかえた。奥方を見ると、表情は変わっていないが、その瞳は冷たい。

たとえお美津が嘘《うそ》を言っていないとしても、この強い炎の勢いに、素人《しろうと》が立ち向かえるとは思えなかった。

その証拠に、庭に集まっている使用人たちの誰もが、中に入ろうとはしない。いや、入りたくても火の勢いが強すぎて、入れないのだ。

「もういい、あたしが行くっ！」

誰ひとり動こうとしないことに焦《じ》れたのか、お美津は火の海となっている蔵に向かって、走り出そうとする。慌てて周囲にいる使用人たちが両腕を押さえ込んだ。

「放してくださいっ！　あたしが憂様を助けます！」

「莫迦《ばか》を言うなっ、こんな火の中に、おまえなんかが入ってどうするんだ！」

「じゃあ、このまま憂様が焼け死ぬのを、黙って見ていろって言うんですかっ！」

周囲にいた使用人たちは顔を見合わせ、泣いているお美津の背中を慰めるように叩《たた》く。

誰もが中に子供がいるなら、助けてやりたいと思った。だが目の前の燃え盛る炎を見て、足が竦《すく》んでしまうのだ。

蔵の屋根に葺《ふ》かれた瓦《かわら》が、ガラガラと崩れ落ちてくる。消防組が到着しない今、素人が中に入るのは危険すぎた。

そのとき。洋装に身を包んだ男が、お美津の傍《かたわ》らに立った。

「きみ。本当に、中に人がいるのか」

長身の男が低い声で問いかけると、お美津はパッと顔を上げ、大きく頷いた。

「はいっ、憂様は、絶対に中にいます！」

「座敷牢と言ったな。では、牢屋に鍵がかかっているのか」

「そうです。牢の鍵は、あたしが持っていますっ」

お美津は自分の首の後ろに両手を回すと、かけていた紐《ひも》を外す。紐には大きな鍵がぶらさがっている。

「これが座敷牢の鍵です。憂様は鎖で壁に繋がれているから逃げられません！」

「わかった」

男は、いきなり着ていた上衣を脱ぐと、頭に引っ掛ける。そして、足元に乱雑に置かれていた桶《おけ》を摑《つか》み、頭から水を被った。

男は、ずぶ濡《ぬ》れになった上衣を、さらに目深に被り直した。そして、きつい眼差しで、火を噴く蔵を見上げる。

「あ、あの……っ」

「座敷牢の場所は、蔵のどの辺りだ」

男は滴《したた》る水で頰《ほほ》を濡らしながら、落ち着いた声で、子供がいる場所を確かめた。

「ば、場所は、入口から真っ直ぐ進んだ突き当たりです。で、でも、まさか、行くんですか。こんな火の海、消防組が到着しないと無理です！」

「子供がいるんだろう。消防を待っていたら、子供は間違いなく死ぬ」

男はそう言うと、消火に使われていた斧《おの》を拾い上げ、ぐっと握りしめる。そして次の刹那《せつな》、躊躇《ためら》いもなく、燃え盛る炎の中へ飛び込んでいった。

□□□

「あつ、い……っ」

憂の乾いた唇《くちびる》から、掠《かす》れた声が零《こぼ》れる。だが憂の掠れた声は、炎の音に掻《か》き消された。

煙と熱に苦しみながら、うっすらと目を開く。目の前は、バチバチと鞭のような音を立てて、真っ赤に燃える火が広がっていた。

いつもは薄暗い蔵の中が、煌々《こうこう》と炎に照らされている。信じられない光景だ。

土蔵の壁がガラガラと崩れて、床に落ちて砕ける。その音さえ聞こえないぐらい、炎が大きく燃え盛っていた。

憂はその光景を、夢の中の出来事のように見つめていたが、熱さに負けて目を閉じた。

(鞭、……たくさん打たれた。あの鞭の音に似ている……)

憂の脳裏に蘇《よみがえ》ったのは、鞭で打たれた痛み。皮膚《ひふ》の裂ける嫌な感触。そして、その鞭を振るう母の、恐ろしい形相だった。

ひゅんっと空を切る鋭い音に続いて、肌に走る激痛。

いたい、いたい。やめて、やめてください。いたい、ごめんなさい。ごめんなさい。

意味もなく謝り続けた。でも、許してはもらえなかった。

皮膚を裂く痛み。打ちつけられる衝撃。憂は逃げることもできず床に蹲《うずくま》った。その身体を母親が容赦なく、何度も鞭で打ちつけた。

学校に行っていない憂は語彙《ごい》がとても少ない。だが、そのときの母親の形相は、まさしく鬼のようだったし、泣いて謝り続けた。でも、無慈悲に振り下ろされる鞭は止まらなかった。

あの恐い母親と、炎に取り囲まれた今の状況とでは、どちらが恐怖だろう。

埒《らち》もない考えが、消えては浮かび、浮かんでは消える。命が危うい状況なのに、こんなにくだらないことを考えるなんて、自分はどこかおかしいのだろうか。

(ぼくがおかしいから、お母さんは鞭でぶった。ぼくがおかしいから汚いから死んでほしいから、だから、火をつけたんだ)

燃え盛る火の中で、憂は火の粉を避けることもできず床に丸まった。足には太い枷《かせ》。それは壁に繋がれている。屋外に逃げることは叶わない。

身体を寄せていた壁が、異様に熱くなる。恐怖を覚え、じりじり離れた。その僅《わず》かの瞬間に、天井が一気に崩れ落ちてくる。

「わぁあっ！」

反射的に頭を庇《かば》った。幸運にも崩れ落ちた天井が瓦礫《がれき》との間に隙間《すきま》を作り、奇跡的に防護壁のように憂を護《まも》ってくれていた。

それでもたくさんの瓦礫に身体を打ちつけられる。その痛みに、憂は蹲った。

逃げ出したかったが、足枷はまだ鎖に繋がれている。鎖の先は壁に打ちつけられていて、身動きが取れない。

そうこうしているうちに、またしても崩れた壁が容赦なく憂を打つように落ちてくる。憂は頭を抱えるようにして身体を丸め、飛んでくる破片から頭部を護った。

「い、いたい……っ」

ようやく声が出せたけれど、業火《ごうか》の中で聞く者もいない。憂は床を這《は》い、なんとかして炎から逃れようと足掻いた。だが、それらはすべて徒労に終わる。

(ぼくが汚い毒虫だから、燃やしちゃうんだ)

脳裏に蘇るのは、母親の叫び声。

『汚い、きたない、汚いっ！　おまえが死ねばいいのよっ！』

(ぼくは汚い。お母さんの言うとおり、生まれてきちゃいけない毒虫。だからお母さんは、ぼくが嫌いだった。だから、火をつけて行ってしまった)

おまえさえ生まれなければ。おまえさえ生まれなければ。おまえさえ。

(死ねって何度も言われた。毒虫は死ねって怒鳴られて、鞭で打たれた。ぼくが悪いから。汚いから。毒虫だから。でも。でもね、お母さん)

毒虫って、なぁに？

そんなことを考えている間にも、火は煙とともに憂を呑み込もうと床に敷かれた畳を舐めるように焼き、壁を這うようにして広がっていく。

（熱いあつい熱い。息ができない。苦しい）

憂はゴホゴホと咳《せ》き込んだが、そのせいで熱風が喉《のど》を焼く。

防護壁となってくれた天井も、どんどん熱を持ってバラバラと崩れた。崩壊するのも、もう時間の問題だろう。

（ぼくは、もう、死ぬ）

死に対する知識も、ましてや、宗教的な考えも憂にはない。だからこそ子供のような無垢《むく》な恐怖が頭の中を駆け巡る。

（燃えて死んじゃうんだ。痛いかな。苦しいかな。痛いよね。苦しいよね。怖いかな。怖いよね。うん。……こわい）

死の概念がないからこそ、本能的な恐怖に包まれる。

（死んだら、どこにいくの）

脳裏に過《よぎ》るのは場違いなぐらい、あどけない疑問だ。

助かりたいとか死にたくないとか、そんな当たり前の感情が憂にはない。生きたい意志が、完全に欠落していたからだ。

（次に壁が崩れたら、もう死んじゃうなぁ。痛くありませんように。熱くありませんように。苦しみませんように）

火の熱さから逃れるように手足を引き寄せて、諦めの思いで瞼《まぶた》を閉じた。

だが、次の瞬間。

「どこだ！　返事をしろっ！」

いきなり聞こえてきた大声に憂が顔を上げた、そのとき。

燃え盛る炎に崩れた瓦礫の中から、物が壊れる大きな音とともに、男の姿が転がり出てきた。

その男は上衣を頭から被り、煤《すす》で真っ黒になった布で顔を覆っている。見えるのは、かろうじて目だけだ。

彼は火が燃え移った上衣を床に叩きつけて消火すると、持っていた鍵で錠を解き、木で造られた格子を開けて、座敷牢の中に入ってくる。

「ひっ！」

「そこにいるのかっ、動くな！」

男は憂の上に覆いかぶさっていた天井板や瓦礫を力任せに持ち上げ放り投げる。たちまち憂の上からすべての瓦礫が取り除かれた。

彼は手にしていた斧をグッと握りしめ、勢いよく振り下ろした。鈍い音を立てて憂の足に繋がれている枷の鎖が切断される。

そして床に丸まっていた憂の前に膝《ひざ》をつき顎《あご》を持ち上げると、顔を覗《のぞ》き込んだ。

切れ長なのに大きくて、黒々とした瞳だった。

(この人は誰)

「よし、生きているな」

そう言うと憂に向かって、改めて手を差し伸べた。

憂は声も出せず、ただ目を見開いた。差し出された大きな手が、信じられない。

逃げる。この火の海から。逃げられる。

死なないで、生きる。

「来い、逃げるぞ」

男は、憂が身動きしないことに焦れ、有無を言わさず憂の身体を肩に担ぎ上げた。

いきなり担がれて、天地が引っくり返る。憂の唇から弱々しい悲鳴が零れた。

「わ、ぁ……っ!」

「しっかり摑まって、私の背中に顔を伏せていろ。絶対に目を開くなっ」

男はそう言うと、自分が頭から被っていた上衣を、憂に被せてしまった。

その一瞬のあと、背後の壁が焼けて崩れる大きな音が響く。憂は反射的に身体を竦めた。

なにが起こっているか自分の状況さえ、わからない。苦しくて、息ができなくて、憂は
ぎゅっと瞼を閉じ、男の背中に額《ひたい》を押しつけた。

怖い。怖い怖い怖い怖い。こわい、――――死にたくない。

先ほどまでの厭世観《えんせいかん》は消えうせ、生への執着が憂の頭を占《し》めている。

死にたくない。……死にたくない……っ。

「大丈夫」

まさに修羅場《しゅらば》である現状にそぐわない、落ち着いた低い声。

憂が顔を上げようとすると、男は憂の背中を掌《てのひら》で押さえ、それから軽く叩く。

「絶対に生きて、ここから出る。こんなところで、むざむざと死んで堪るか。私も、もちろん、きみもだ」

こんな状況で言うには、あまりにも根拠のない慰めのひと言だったし、無責任な請負《うけおい》だ。でも男の言葉を聞いた途端、嘘のように震えが止まった。

憂は顔を伏せたまま伸ばした手で男の服を、ぎゅうっと摑む。こんな牢屋で焼け死んだりしない。そう言わんばかりの、強い力だ。

自分の服を必死で握りしめる憂をどう思ったのか、男は微《かす》かな笑みを浮かべる。そして、真っ直ぐ燃え盛る前方を睨みつけ、怒号を発した。

「行くぞ！」

肩に担いだ憂を庇うようにして身を屈《かが》め、炎の中を走り出す。

そこから先の記憶が、憂にはなかった。たぶん、気を失ってしまったのだと思う。

覚えているのは、目も開けられない熱さと煙。ガラガラと焼け落ち、崩れる壁の音。そして握りしめたシャツ越しに伝わる、人の肌の温もりだった。

2

憂が目を覚ましたのは、朝の明るい日差しのせいだった。

目を上げると、微かに窓ガラスが開いていて、優しい風が窓辺の白い布を、ふわふわと揺らしている。

憂は揺れる布を、しばらくの間、目で追っていた。

室内は静かで、そしてカーテンをはじめ清潔な白い色で統一されている。独特の消毒液の匂いがしているが、けして不快な香りではなかった。

（ここは、……どこだろう）

音のない部屋の中は、閉じ込められていた座敷牢に似ていた。しかし、扉の向こうでは人が歩いたり、話をしたりする音が、微かに聞こえる。

ふと自分の頰に手を当てると、大きなガーゼが貼られていた。だが、憂には、ガーゼの意味がわからない。

（なんで、布が頰っぺたに貼ってあるの……）

憂はそろそろと起き上がった。

「……?」

(ここは、どこなんだろう)

身を起こし髪に手をやると、ボサボサに伸ばされていた髪の毛は肩で切り揃《そろ》えられている。

「髪が短くなっている」

誰とはなしに呟《つぶや》いた瞬間、初めて見るものが目に入った。鏡だ。憂が寝ている寝台の目の前に、鏡が設置されていた。

その銀鏡《ぎんきょう》に映る自分の姿を見下ろして、憂は首を傾《かし》げる。すると鏡に映った少年も同じように首を傾げていた。

「これ、……ぼく?」

痩《や》せた身体。削《そ》がれたような頬。顔も身体も痩せすぎていて、痛々しさが滲《にじ》み出ていた。髪は以前よりも短く切り揃えられている。痩せているせいで目だけが大きく目立っている。

着ている物は、薄い青の清潔な服。憂は知らなかったが、それは入院のときに着せられた寝巻きだ。その寝巻きから隠れ見える痩せ細った手足には、真っ白な包帯が巻いてある。ふたたび首を傾げて頬に手をやると、大きなガーゼに触れる。先ほど触れた布の正体はこれだ。

(これ、なんだろう。それに、どうしてぼくは、こんなところにいるのかな)

憂の記憶に残るのは、赤々と燃え盛る蔵の中。

目が開けられないぐらい、熱かった。息ができなかった。もう死ぬんだろうと、それだけが脳裏を過った。虫けらみたいに、丸まって死ぬんだと。

それなのに、どうして今は普通に息ができるのか。目を開けていられるのか。

清潔な毛布は手触りがよく、蔵の中では感じることができないぐらい、気持ちが落ち着く。それでも、やはり心は不安なままだった。

生まれてすぐに土蔵へ閉じ込められて、外に出ることなく、鎖に繋がれて生きてきた。そんな憂に、病院の知識などあるわけがない。ただ、不安な気持ちを煽《あお》られる。

「目が覚めたか。丸一日、眠りっぱなしだったから心配したよ」

突然の声に、パッと目を開く。すると、そこには長身を洋装に包んだ男が立っていた。

その男を見た瞬間、憂は目を見開く。

（この人、火事のときに助けてくれた人だ……っ）

あの業火の中、顔もちゃんと見えたわけじゃない。むしろ煙と熱で、ほとんど目も開けられなかった。それでも。

それでも憂にはわかった。この人は、あのとき助けてくれた人だと。

生まれてからずっと、薄暗い座敷牢で過ごさざるを得なかった憂は、人より聴力が長《た》けていたせいもある。だが、それ以上に、心の奥に響く声音に魂が震えた。

（助けてくれた人だ。間違いない……っ）

長身の青年は寝台を覗き込むようにして、顔を寄せてくる。その瞬間、いい香りがした。憂が今まで経験したことのない匂い。

黒々とした切れ長の目。削げた頬と、形のいい鼻梁《びりょう》と唇。一分《いちぶ》の隙もないほど整った美形だった。

「気分はどうだ？」

感情の見えない低い声に問われて、どう答えていいか、憂にはわからない。

閉じ込められていた蔵の中では、母親と、身の回りの世話をしてくれる小間使いとしか、顔を合わせたことがなかったからだ。

とりあえず、かぶりを振ってみせる。痛くないと示したつもりだった。しかし、男は返事をしない憂を心配してか、眉根《まゆね》を寄せて近づいてきた。

「しゃべることができないのか？　煙で喉を痛めたのかな」

男は憂に向かって手を伸ばしてくる。びっくりして、必死で後ずさり、ヘッドボードに頭を打ちつけた。

「なにをしている。痛かったろう」

男は大きな掌で憂の頭を、そっと擦《こす》った。触られても痛みを訴えない様子を見て、ほっと一息つく。

「急に動くと危ないぞ。しばらく辛抱しなさい」

なおも憂に向かって差し出される手は、瘦せた身体を引き寄せて、寝かしつけてくれる。

だがそんな優しい手も、他人と触れ合うこともなく育った憂にとっては、恐怖以外の何ものでもない。

「い、いた、くない……っ」

必死にそれだけを言うと、身体を丸めてしまった。

（し、知らない人と、話した。話した……っ！）

会話としては、まったく成立していないものであるが、憂にとっては大変な動揺だ。身を丸めるように小さくなると、男はそれで納得したのか頷いた。

「声が出るなら、それでいい。取って食ったりしないから、安心したまえ」

穏やかで静かな声だ。莫迦にしたり、意地悪を言ったりする声じゃない。

憂は顔を上げて男を見た。目が合うと、男は少しだけ微笑を浮かべる。

「そんなに怖がられると、なにか悪いことをしている気分になるな」

その呟きを聞いて、憂は自分がびくびくしているのが、男を傷つけているのだと悟った。

「こ、怖がってな……」

「そうか。怖くないなら上出来だ。いい子だな」

男がそう言って笑うと、憂は、急に恥《は》ずかしくなる。目を逸《そ》らすと、男の手が目に入った。

白い布を巻いている。

憂に包帯という知識はなかったが、以前、母親に鞭打たれ手が切れたときに、小間使いのお美津が布を巻いてくれたことを思い出した。

「……手、どうしたの」

そう問うと男は片方だけ眉を上げる。驚いたような表情だ。

「火傷《やけど》だ。だが、たいしたことはない」

たいしたことはないと言うが、本当だろうか。憂は無意識のうちに、そっと手を伸ばして、男の手に触れた。

「痛いの？」

「いや。もう痛みはない」

これは、憂を助けてくれたときの傷だろう。それに、よく見ると頬や額が赤く腫《は》れている。憂の頬にも同じような痕《あと》がある。火傷だ。

「あのとき、ぼくを助けてくれたでしょう。だから、怪我したんだ」

「私がしくじったのが原因だ。気にしなくていい」

「……ぼくが閉じ込められていたから、だから、助けてくれたんだ」

あんな息もできない業火の中に、この人は飛び込んでくれた。

憂が、もう死んでしまうと思った火の中に。

「まぁ、たいしたことじゃない」

男は肩を竦めて言うが、憂は気持ちが落ち込んでいった。この人は、自分を助けてくれるために、火傷をしたのだ。

「それより、起き上がれるなら水を飲みなさい。水分を摂らなくて駄目だ」

まったく恩に着せることなく男は淡々と話を続けている。憂は触れていた手の力を強くして、きゅっと握りしめる。

「あの、……ありがとう」

自然に感謝の言葉が出た。『ありがとう』なんて、今まで言葉にして言ったことはない。身の回りの世話をしてくれた小間使いにも、ただ目礼ですますのが当たり前だった。

（ありがとうって言うと、ポカポカするみたい）

憂は自分の胸を、そっと押さえる。こんな気持ちになるのは、初めてだ。

唇から零れ出た言葉は、するりと胸の奥を撫《な》で、身体中を温かくする。

「身体を起こせるか」

男はそう言うと憂の身体を支えて、吸い飲みから飲ませてくれる。

その水は枕元に置いてあったものだし、温《ぬる》くて決して美味しいものではない。それでも憂は、ごくごく喉を鳴らして飲んだ。

「もっと飲むか？　水をもっと貰《もら》ってこよう」

男に問われて頷きそうになったが、これ以上は飲めそうにない。憂は大人しく、かぶりを振った。

「ううん。もう、お腹がいっぱい」

「水なんかで、腹を膨《ふく》らませるんじゃない」

男は吸い飲みを元の場所に返したそのとき、いきなり風が憂の頬を撫でた。開け放たれた窓から、優しい風が吹き込んだからだ。

憂は話していたことも忘れて、窓を見た。

柔らかで穏やかな風は人の心を、やんわりとさせる力がある。憂も同じだ。

(……気持ちいい。これ、なんだろう)

思わず目を細めて窓を見つめている憂を見て、男は「いい風だな」と言った。

「かぜ、かぜって、なに？」

「風を知らないのか」

「ぼく、ずっと牢にいたから、かぜ、知らない」

区切って話す憂に、男は少しだけ悲しそうな表情を浮かべた。

「ずっと、あの座敷牢にいたのか。外に出たことは？」

「そとって、どこ？」

「どこでもいい。座敷牢以外の場所だ」

その問いに憂は、かぶりを振る。外に出るなんて、考えたこともない。

男は憂の反応を見て、眉間《みけん》の皺《しわ》をさらに深くする。

「自己紹介がまだだった。私の名は、木戸斎《きどいつき》。きみの父上である伊藤子爵とは、先代から長く懇意《こんい》にしている」

きど。きどいつき。ちちうえ。いとうししゃく。ちちうえ。

憂の頭には染み込みにくい単語を、いくつも聞かされる。その中で、おかしいと思う言葉があった。

「きみの名前は？」

生まれて初めて訊《き》かれた問いに、憂はちょっとの間、首を傾げた。名前を教えることに、なんの意味があるか、わからない。

「ゆう……、憂……」

「どんな字を書くか、わかるか」

しばらく考え、人差し指を差し出し、斎の掌に書いてみせる。憂が知っている、数少ない漢字のひとつ。それが、自分の名前だ。

「なるほど。憂《うれ》える、の憂だ」

その言葉を聞いて憂はまたしても首を傾げた。

「うれえる、……って、なに」

「悲しいという意味だ。他にも意味があるかもしれないが、思いつくのはそれぐらいだ」

「ああ……。お母さんに言われたことがある。憂鬱《ゆううつ》だから、ぼくの名は憂だって。つらいことや悲しいことを、憂っていうんだって」

この答えに、斎は言葉が出なかった。我が子に憂鬱の意で名をつけるなど、あり得ない。

「そんな意味で、子供の名をつける親はいないだろう。いや、たとえ母親がそういう気持ちだったとしても、父親が黙っていない」

その言葉に、憂は、かぶりを振る。

「ぼくに父親って、いないから」

か細い声だったが、はっきりと答えられて、斎は少し目を眇《すが》める。

「父親がいないとは、どういう意味かな」

「え、えと。ぼくは伊藤家の子供じゃないって、まえからずっと言われたから」

「誰がきみに、そんなことを言ったんだ」

「お、お母さん」

斎は、切なそうな表情を浮かべた。この少年の言葉は、あまりに悲惨な環境を物語っていたからだ。

あの火事現場から、命懸けで憂を助け出した斎に、伊藤子爵は感謝の言葉を述べたという。しかし、感謝しながらも、どこか厄介なものを呑み込んだ顔をしていた。

伊藤家と木戸家は先代から親交のある間柄なので、今回の騒動の話を聞いていた。

子爵家の座敷牢に入れられていた憂は、子爵の子供ではない。夫人が不義密通《ふぎみっつう》の末、出産してしまった子供だった。

どうして夫人の不貞が露見したか。子爵は少年期の病が原因で、子供ができない身体だった。若妻に子供ができるはずがなかった。

子爵自身も母親も、当然そのことは承知していた。なので、年若い新妻が妊娠したとわかって、すぐさま不義が発覚したのだという。

話中で、子爵は延々と妻を罵《ののし》っていた。

その経緯を聞いている間、斎は不快さを顔に出さないようにするのが、精一杯だった。

夫に不満を持った若妻が、別の男と懇《ねんご》ろになったというわけだ。

どういう経緯で彼女が天に背き不貞を行い、子供まで出産したのかは、知る由もない。だが、産まれた子供を座敷牢に監禁していたのだ。これは犯罪だ。

彼女は子爵と夫婦仲が悪いだけでなく、姑とも折り合いが悪かったらしい。冷静に考えれば、よその男と懇ろになる女が、円満な家庭を築けるわけもない。

しかし、彼女は自分が幸せでないことに、納得いかなかった。だからこそ、その鬱屈を憂に向け、常日頃から虐待を続けてきた。

親であろうと、どんな理由があろうと、子供の未来を奪う権利はない。子供はモノではないからだ。

「事後承諾になるが、きみは退院したら、私の家に来てもらうことになった」

　びっくりした顔で、憂は斎を見た。

「どうして？」

「理由はない。強《し》いてあげるなら、きみは背が小さく、ガリガリに痩せている。ちゃんと栄養を摂らなかったせいだ。その栄養不良を、どんどん改善しなくてはならん。うちの料理長が作る食事は絶品だ。うまいぞ」

「どうして？」

「どうしてではない。ガリガリに痩せている子供など、見るに耐えない」

「ぼ、ぼく、子供じゃない。もう十六歳だし」

「とにかく腹いっぱい食べたら、好きなだけ寝ていたまえ。起きるのは、傷が治ってからだ」

　そう言われて、自分の背中の傷を思い出した。小間使いのお美津が時々、こっそりと薬を塗ってくれたけれど、傷痕が残っているのは知っている。

「身体が動かせるようになったら、私の家の探索でもしたまえ。伊藤子爵のお宅ほどではないが、広いから走りがいがある」

「どうして……」

　憂は他の言葉を忘れたように、「どうして」ばかりを繰り返した。実際、どうして斎が自分を引き取ると言い出したのか、わからないからだ。

「きみを自由にしたい」

「え……？」

学校どころか、まともな教育を受けたこともなかったが、斎の言うことが妙だと思う。

「どうして？」

「きみが育った伊藤子爵家と、私の生まれた木戸家は遠い親戚だ。子爵が年若い女性と結婚されたとき、誰もがうまくいくはずがないと危惧《きぐ》し、それが現実になった。だが、そんな大人の事情など、生まれた子供には関係ない。私は、きみが不幸になるのを見過ごせないんだ」

冷静でありながら、熱く語る斎を見ていると、なぜだかドキドキする。どうして憂のことで、こんなに真剣になってくれるのだろう。

憂がどんな人生を送ろうと、この人に関わりがあるわけじゃない。そうだ、実のお母さんだって、憂のことなんか気にもしていなかったのに。

そこまで考えて、ハッと気づく。そうだ、あの火事でお母さんは、どうなったのだろう。

憂はおずおずと、斎に尋ねてみることにした。

「なにかな」

「お、お母さんは、……どうしているの」

斎の眉間に、深い皺が寄ってしまった。火事場での、あの薄情な様子を見ていた斎にとって、憂の疑問は理解しがたい。

「こんな状況になっても、まだ彼女を母親と呼ぶのか。火をつけたのは、その女だと美津という小間使いが言っていたぞ」

「お美津……、お美津は火傷してないですか」

自分が病院に送られているというのに、小間使いの心配。

斎はちょっと呆《あき》れて、やれやれと溜息をついた。

「彼女は大丈夫。怪我もないよ。無事で、きみのことを心配していた」

そう聞いて憂は、大きな安堵《あんど》の溜息をついた。

「よかったぁ……、お美津が怪我をしていたら、ぼく、どうしたらいいのか……」

「きみと彼女は、どういう関係なんだ。伊藤家の小間使いではないのか」

「お美津は、ぼくのこと、いつも心配してくれて、いつも、すごく優しい。お母さんに鞭で打たれると、いつも傷に軟膏《なんこう》を塗ってくれるし。内緒ですよ、って言ってお菓子を持ってきてくれるの。読み書きも教えてくれた。お美津は大好き！　……です」

最後だけ、とってつけたような敬語で締められ、斎はやれやれと溜息が出そうになる。実に屈託のない愛情表現だ。このぶんだと、情愛云々《うんぬん》ではなく、子供が母親に無条件で懐くのと同じ感情のようだ。

「きみの母上は、官憲《かんけん》に連行された。官憲はわかるかな」

「かんけん？」

「悪いことをした人間を連れていき、反省させるために牢屋に入れる人のことだ」

とんでもなく大雑把な解説をする斎を、憂は真っ青な顔で見つめた。

「ろうやって、なに？」

「きみが入っていた座敷牢が、まさに牢屋だ。格子の部屋に閉じ込めて、犯した罪を反省させることを投獄という。放火はもっとも罪が重い。一年や二年じゃ、出てこられないだろう」

憂は慌てて起き上がろうとして、斎に両肩を押さえ付けられる。

「お、お母さんを牢屋なんて、そんなの、だめ……っ」

「きみこそ、理不尽にも座敷牢に押し込められていたんだろう。生まれてから、座敷牢より外に出たことはあるか？　ないだろう。それこそが、彼女の一番の罪だ」

「だ、だって、ぼくは大丈夫だし、……大丈夫。だから、お母さんを牢屋から出してあげてください。ぼく、大丈夫だから……っ」

この理屈に、斎は真正面からその顔を見据えた。

「なにが大丈夫なんだ。彼女は蔵に火を放ち、きみを殺そうとしたんだぞ。この事実は人道的に、もっとも忌《い》まわしい行為だ」

淡々としてはいるが、冷たい口調で斎は吐き棄てる。だが、憂は首を傾げた。

「いまわしいって、なに？」

あどけない声で訊《たず》ねられて、斎の眉間の皺がさらに深くなる。

「……厭《いと》わしいという意味だ」

「いとわしいって、どういうこと？」

「嫌な感じがするということだ」

子供のような瞳で見つめられて、斎は苛々《いらいら》を口に出しそうになるが、きちんと答えてやる。

「あ、いやな感じ。それはわかる。いやな感じ、いやな感じ」

子供のように言葉を反芻《はんすう》するのは、記憶するときの癖だろう。

調子が摑めないいらしい斎は眉根を寄せ、なにかを思いついたように、「ああ」と声を出した。

「きみは……、生まれてから、ずっと座敷牢に閉じ込められていたんだな。美津と母親以外の、誰か別の人間と話すことはあったのか」

その問いに、憂は「ない」と答える。

「窓の外から人の声が聞こえていたけど、話はしたことない」

それでは、身の回りの世話をする小間使いと、母親だけが彼の世界だったのか。

斎はとうとう言葉を失った。子爵家に生まれ育ちながら、まともな教育は何ひとつ受けず、あの座敷牢で、小間使いが来てくれるのを待つ日々。

小間使い以外では、憂を悪魔のように憎んでいる母親だけが、すべてだったのだ。

『お母さんを牢屋なんて、そんなの、だめ……っ』

あどけないといっていい声で、自分を殺そうとした女を庇う。彼の背中には、その女が振り下ろした鞭のせいで、痛々しい傷痕が、いくつも残っているというのに。

「誰にお願いしたら、お母さんを牢屋から出してくれるかな」

「まだ、あの女を庇う気か。酔狂だな」

「すいきょう？　それより牢屋って寒いの。すごく寒い。それに虫も出るの。刺されると真っ赤になって、すっごく痒《かゆ》くなる。あんなところに、お母さんが入るなんて絶対だめ」

口の中で呟く憂を見つめて斎は理解に苦しむように、かぶりを振った。

母親でありながら、我が子を口汚く罵り鞭打った挙句《あげく》、最後には火をつけた女の愛を求める幼子。

「お母さん、寒いだろうなぁ……」

実際の年齢からすれば、おかしな言い方だ。だが、今、斎の目の前にいるのは、母親とはぐれて、不安に怯《おび》える幼子だった。

3

「さぁ到着したぞ、降りようか、……憂は、なにを震えているんだ？」

自動車の後部座席で膝を抱えて震えていた憂は、ようやく顔を上げる。

「だって……、どこに来たのか、わからないから」

どうやら、生まれて初めての車に乗せられて、知らないところに運ばれるのが不安だったらしい。斎は呆れた声を出す。

「病院を出る前に、私の家に行くと説明しただろう。ここが木戸家だ。今日から、きみの家でもある」

半月の入院は、憂に年相応の少年らしさを与えてくれた。

痩せこけて青白かった頬は、薔薇色《ばらいろ》になりつつある。まだまだ、ふっくらとはしていないが、それでも病的な細さは少しだけ改善された。

斎が手配させた白いシャツと薄いニット、それに丈の短いツイードのズボンを穿《は》いた姿は、良家の子息に見える。

火傷も、徐々にだが癒えてきている。背中の裂傷は痕になってしまったが、服を着てしまえば見えるものではない。

だが、せっかく綺麗な服を着て髪を梳《と》かしているのに、憂は後部座席のシートに丸まってしまっている。

「どうしたのかね。もう降りるぞ」

「だ、だって、ぼくの家ってなに？　また座敷牢に入るの？」

不安そうな憂に、斎は複雑な表情を返した。

「入院して傷の治療をして、ようやく退院の許可が下りたのに、またしても監禁か？　面倒くさい手法だな。まぁ、落ち着きたまえ。とにかく、車から降りよう。話はそれからだ」

まだ帝都でもめずらしい自動車を運転してくれたのは、木戸家の運転手だ。ショーファー《お抱え運転手》の制服に身を包んだ彼は、礼儀正しく主人と賓客のために後部座席のドアを開いた。

□□□

蔵の火事から、二週間が過ぎていた。

憂は火事のときに無意識だったが、崩れてきた天井の梁の下に潜り込んでいたので、軽傷で済んだのだ。あの業火に遭遇して、この軽傷は奇跡ともいえた。

しかし、火事のときの傷よりも、長い間、座敷牢に閉じ込められていたことのほうが、医師たちには問題だった。栄養失調による衰弱が酷すぎたからだ。

病院での憂は、初めは緊張していた。慣れない病室。初めて見る医師や看護婦。知らない食べ物。苦い薬。初めて嗅《か》ぐ、消毒薬の匂い。真っ白い壁や天井さえ、恐怖に思えていた。だが、二日も経つと環境に慣れたようだ。斎が見舞いに行くと看護婦と普通に談笑している。これには斎が驚いた。

憂の育ってきた環境や母親に虐待された話から、女性不信なのかもしれないと、勝手に思い込んでいたからだ。

「きみは、女性が苦手ではないらしいね。いい傾向だ」

「お美津がいたから、女の人には慣れてるの。それに看護婦さんって皆、優しいね」

伊藤子爵家で仲良しだった小間使いのお陰で、女性と話すことに嫌悪感はないらしい。これはいい傾向だ。

斎は伊藤子爵に、憂を木戸家で引き取りたいと申し出ていた。そして、その提案は、受け入れられた。

要は伊藤子爵も、妻の不義でできた子供を持て余していたのだ。そのお陰で、憂を引き取り木戸家で療養させる目論見《もくろみ》は、あっけないほど簡単に了承されてしまった。

憂の進退どころか、顔を見るのも名を聞くことさえも、伊藤子爵は眉を顰《ひそ》めるばかりだ。

憂の名前など聞くのも耳の穢《けが》れだと言わんばかりの態度に、斎は、この家に憂を帰すことはできないと悟ったのだ。

□□□

病院を退院した憂は、晴れて木戸家へ来ることになった。

見れば車のドアは開かれ、先に降り立った斎が、覗き込むようにして憂を見ていた。彼の背後では憂が生まれて初めて見る、西洋式の屋敷が建っていた。石造りの瀟洒《しょうしゃ》な建築は、見る者を圧倒する。

赤い煉瓦《れんが》の外壁。たくさん設けられている白い窓枠。絡まる蔦《つた》は、彫刻のようだった。

広い敷地内に建てられた西洋館は、市井の生活からはかけ離れた豪奢《ごうしゃ》さだ。

「あの、……お城なの?」

「まさか。父の趣味で無闇に大きく造った。私と母は無駄に広い屋敷に辟易《へきえき》していたよ」

無駄に広いとは言うものの、この屋敷で暮らしているなんて信じられない。

「斎って、お金持ちなんだね」

「いや。私でなく、私の父の財だ」

事もなげに言うと、斎は肩を竦めた。

「両親は引退して、伊豆《いず》の別荘で温泉三昧《ざんまい》だ。ここは、私と私のお客人、それに身の回りの世話をしてくれる使用人だけしかいないよ。気楽な住まいだから、楽に過ごしなさい」

そう言うと、後部座席に丸まっている憂の腕を引っ張り、抱き上げようとする。そして「ご主人様、私が」と慌てて手を出そうとする運転手に「いいよ」と言った。

「いいよ。この子は私が運ぶ」

片手で憂の臀《しり》と膝裏に手を差し込み、軽々と抱いてしまう。その手つきは、憂の背中の傷に、最新の注意を払っていた。

「ご主人様。お帰りなさいませ」

目の前にいるのは、斎と同じぐらい長身の、壮年の紳士だ。黒い背広に身を包んだ彼は、主人が抱き上げている少年に、目礼だけで挨拶《あいさつ》をする。

「ただいま。宗司《そうじ》、この子は伊藤子爵家の遠縁だ。名前は憂。しばらくの間、当家で預かることになった、世話を頼む」

「かしこまりました」

宗司と呼ばれた男は、憂に向かって深々と頭を下げる。

見事な銀髪を短く切り、後ろに撫でつけた髪型。長身の体軀《たいく》は痩せていて、初めて見る者は誰もが少なからず緊張してしまう。それが木戸家に長らく勤める執事《しつじ》であった。

「お会いできて光栄でございます。憂様、私のことは、宗司とお呼びつけください」

年が離れた男の礼に、憂は少し身を竦めた。だが宗司の黒尽くめの風体《ふうてい》に、興味を引かれたようだ。きらきらした目で見つめている。

「そうじ」

「はい」

「こうえいって、なに」

斎にすると聞きなれた質問だったが、初対面でこれが来ると戸惑うだろう。憂は細身で小柄だったが、実年齢は子供でもない。

「憂様にお会いできて、とても嬉しいという意味でございます。嬉しいというのは、おわかりになりますか」

「うれしいって？」

「心が弾むことです。うきうきしたり、にこにこしたり。そんな気持ちを嬉しいという言葉で表現します」

滑《すべ》らかに宗司は答えた。実によくできた執事である。

斎に抱き上げられた格好のまま、宗司へ手を伸ばす。そして、綺麗に撫でつけられた髪に、そっと触れた。憂は宗司が気に入ったらしい。

「憂。やめなさい。宗司が困っている」

斎はそう言って憂の手を押さえようとしたが、当の執事はまったく動じていない。

「ご主人様、よろしゅうございます。憂様は、めずらしいのでしょう」

「めずらしい？　なにがだ」

「私の撫でつけた銀髪や、皺の寄った皮膚が子供にとっては、めずらしいものです」

宗司は見た目の年齢ではなく、憂の精神年齢を一瞬で見抜いたらしい。

「ご主人様も、お小さい頃は、よくこうしていらっしゃいました。私も今ほど老けてはおりませんが、やはり撫でつけた髪が、面白かったのでしょう」

自分の子供時代の話を持ち出されて、藪蛇《やぶへび》だと斎は肩を竦める。

「子供か。宗司の慧眼《けいがん》には恐れ入る。この子は生まれてからずっと、隔離されて育ってきた。同年齢の少年とは、違うところも多いだろう。今後とも、よろしく頼む」

改めて言う主人に、執事は「とんでもないことでございます」と頭を下げた。

大人の気苦労など知らぬ憂は、もう一度、宗司に向かって手を伸ばし、その髪の毛に触れる。そして満足そうに微笑《ほほえ》んだ。

「すごい、つやつや」

その言葉に、斎が驚いたように宗司を見た。

「本当に宗司の髪が、めずらしいのか」

「恐れながら、私の孫も髪や肌に触れては、大喜びいたしますもので」

澄ました顔で言いきった執事に、斎は口元に苦笑を浮かべる。

「おまえの孫は、半年前に生まれたばかりだと思ったが」

「はい。その節は、ご主人様からお祝いを頂戴いたしました。身に余る光栄に娘ともども、恐悦至極でございます」

男たちの会話など、どこ吹く風の憂は、椿油《つばきあぶら》で濡れた手を差し出して、にっこり笑う。

「つやつやして、ぺたぺたするの。斎も触る？」

精神年齢だけは、子供。まさに怖いもの知らずである。

□□□

玄関から入ると、大きな階段が中央に造られたホールだった。

居並ぶメイドや使用人たちが頭を下げ、主人を出迎える。その途端に、憂が大きな声を上げた。

「お美津！」

数人のメイドが銘々《めいめい》に頭を下げていたのだが、憂は、その中のひとりを指して、「お美津」と大声を出す。呼ばれたメイドは、大きく身体を震わせる。

「美津。頭を上げなさい」

そう言われたメイドは、躊躇いがちに顔を上げ、憂を正面から見据えた。その瞳は、涙で潤《うる》んでいる。

「お美津、お美津！」

斎の腕の中から、憂は、じたばた手を伸ばす。その子供のしぐさに苦笑しながら、斎はメイドのそばへと歩み寄った、

「ゆ、憂さ、ま。よく、ご無事で……っ」

そう言うと、お美津は涙をぽろぽろ零し、真っ白なエプロンで目元を覆ってしまった。

「お美津、どうして泣くの。火が燃えているの、すっごく怖かったね。火傷しなかった？　どこも痛くない？」

エプロンで目を押さえてお美津が顔を上げると、憂は心配そうに覗き込んでいるのが目に映ったらしい。

「あ、あたしの心配なんて、そんなの、そんなの……っ」

「ううん。お美津のことが、ずっと心配だった。お美津が火傷したんじゃないかって、ずっと怖かった。本当に怪我してない？」

「大丈夫で、だ、だ、だいじょうぶです……っ」

そこまで言うと、とうとう気が緩んだのか、声にならない勢いで泣き出してしまった。憂は、お美津の髪をぽんぽんと撫でる。

「よかったぁ」

そのときの憂の笑顔は、斎も、そばにいた宗司も他の使用人たちも、全員が惹きつけられるほど、胸の奥が温かくなる明るい笑顔だった。

「でも、どうしてお美津が、ここにいるの？　それに、その格好……」

憂の疑問も当然で、お美津は西洋式のメイド服に身を包んでいた。伊藤子爵の家で働いていたときは、和服姿だったのに。

「彼女はね、火事のとき子爵の奥方に、実に小気味のいい啖呵《たんか》を切ったんだ。けれど、どうもそれが原因で、子爵家を馘《クビ》になってしまった。だが、彼女の迫力に惚《ほ》れた私が、当家へ来ないかと誘ったんだ」

「たんかって、なに」

「そこからか。啖呵とは喧嘩《けんか》をするとき、勢いよく言い放つことだ。威勢がよくて、気持ちがいいとも言うかな」

お美津は恥ずかしかったらしく、頬を真っ赤にして俯《うつむ》いてしまった。もともと積極的な少女ではないから、自分の武勇伝など困惑するのだろう。

「子爵家をくび……、くびって」

「馘首《かくしゅ》する、つまり仕事を辞めさせられたんだ」

斎の言葉に憂は目を見開いて、お美津を見つめた。その表情を見て、斎は憂の知性を感じる。教育を受けていないせいで言葉は拙《つたな》いし、語彙は少ない。おまけに子供のように無邪気だから、ともすれば知能が足りないと思われるかもしれないが、憂の知能は正常だ。むしろ人よりも情感が豊かで、心優しい。

宗司はそれを見抜いていたし、お美津もそれがわかっていたのだろう。

「奥方って、お母さんだよね。お美津、どうして、お母さんと喧嘩しようとしたの」

普段の控えめな彼女を知っている憂は、すぐにおかしいと感じた。間違ってもお母さんと喧嘩をするような人間じゃない。

「もしかして、ぼくのこと?」

率直な言葉に、お美津も、そして斎も言い返せない。

あのときのお美津は、火の中にいる憂のことしか頭になかったのだ。

今、まさに業火に呑まれようとする、憂のことしか。

「あ、あの、あたし……」

「やっぱり。やっぱりぼくのために、お美津はお母さんに大きな声を出したんだね。お美津は、いつも小さな声で話していたでしょう。それなのに、ぼくのために……っ」

憂は心配そうに声を震わせる。その声に、お美津だけではなく、そばにいた斎も、そして宗司や、他のメイドたちも胸が苦しくなる。

誰もが、この痩せた少年の優しい気持ちに心を打たれた。過酷な状況にいた人間が他人を思いやることが、どれだけ尊いか。そこにいる全員が、わかっていたからだ。

「憂、心配しなくてもいい。お陰で美津は以前よりも、遥かに待遇のいい我が家に迎え入れられた。そうだろう、美津」

「はい、おっしゃるとおりです。あたし、こんなきれいな服を着て仕事をできるなんて、夢みたいです。お給金もいいし、本当に嬉しいんですっ」

周囲の取り成しを聞いて、憂は心配のために苦悩している顔を上げる。

「……ほんとう？」

こくこくと頷くお美津に、憂はようやく、にっこりと微笑んだ。

「よかった、……よかったぁ」

その顔を見て、一同がホッとする。おかしな話だが、この少年が悲しそうな顔をしていることに、誰もが心を締めつけられたのだ。

「憂。そろそろ、部屋に行こうか」

斎がそう言ったのは、憂が落ち着いた頃だ。斎はふたたび憂を片手で抱き上げると、躊躇いもなく、その大きな階段を上っていく。憂を抱き上げたままなのに、まったく揺らぐことがなかった。

「まず、きみの部屋へ案内しよう。とても居心地よく調えた。気に入ってもらえるといいんだが」

斎はそう言うと、階段から近い部屋の扉を開く。

通された部屋は、小さなテーブルと椅子《いす》、それにマホガニーのチェストが置いてあった。斎は中央に置かれた大きな寝台に、憂を座らせる。

「小さな部屋で悪いが、今、屋敷の貴賓室《きひんしつ》は塞《ふさ》がっている。この部屋が手狭なようなら、また考えよう」

その言葉に憂は目を見開いて部屋を見回した。

陽射しが差し込む大きな窓に、柔らかなレースのカーテン。そのそばに生けられた、明るい色の花。真っ白なベッドカバーは手触りがよく、手で触れているだけでも、幸せな気持ちになれる。

ずっと閉じ込められていた座敷牢とは、まさに天と地ほどの差がある部屋だ。入院していたときも病室の綺麗さに驚いていたが、この部屋は病室以上だ。

「どうして、こんな部屋に入れてくれるの？　ぼくは、お母さんのところに帰らなきゃいけないんでしょう」

「きみは私の客人だからだ。客人を粗末な部屋に案内したら、当家の恥《はじ》だ」

「とうけの、はじ？って、なに？　どうして、ぼく、きゃくじんなの」

「人に知られたら、恥ずかしいという意味だ」

「はずかしい？」

幼児のように、なぜなにを繰り返す憂に、斎は困ったように苦笑を浮かべる。

「自分の足りないところを、人に知られることを恥ずかしいという。それと、照れくさいことも恥ずかしいだな」

斎が面倒がらずに教えてやると、憂はわかるのか、わからないのか、曖昧《あいまい》な表情を浮かべた。

「知ってる。お母さんは、よく恥ずかしいって言っていた。おまえなんか産むんじゃなかった。おまえさえいなければ、皆が幸せになれたのに。おまえは私の恥だって」

その酷い言葉に、斎はなにも言葉を返せずに黙り込んでしまった。しばらく沈黙が流れたあと、ようやく重い口を開く。

「伊藤夫人は、そもそも自分が間違っていた。夫に求められていない鬱屈を、他の男との情事で紛らわせようとした」

憂には理解できないだろうが、それでも言わずにはいられなかったのだろう。斎の静かな声には、言いようのない憤りと苛立ちが含まれていた。

「まちがっていた……、お母さん、間違えたの」

「そうだ」

「そっか、……間違っていたんだ」

斎の言葉をどう思ったのか、憂はどこか遠くを見るように視線を浮かす。

「お母さんね、ぼくのことを毒虫って言っていた。でも、どうしてぼくを毒虫って言うのかな。座敷牢にも大きな虫が出てきて刺された。痛くて痒くて泣いていたら、お母さんは大喜びしていた。天罰だ、ざまぁみろって。でも、ざまぁみろって、どういう意味？」

陰惨な思い出を静かに語る憂の心は、言い知れぬ悲しみに満ちていた。もしも、お美津がこの場にいたら、確実に泣き出しただろう。そんな声だ。

斎は眉間の皺を隠そうともせず、憂を見つめた。

普通、子供が虫に刺されて痛い痒いと泣けば、薬を塗り、「かわいそうに。痛かったね」と言って慰めてやるものだ。

少なくとも斎にとって、それが母親というものだと思っていた。

「きみの母親が、すべての基準ではない。いや。これまでの人生が、すべてじゃないんだ」

憂は鹿爪《しかつめ》らしい顔をして、小さな声で「意味がわからない」と呟いた。

「斎の言うことは、ぜんぶが難しい」

「いや、難しくない。きみは、幸せになるために生きなさい」

斎の声は、真摯《しんし》な響きを帯びていた。

憂は無言になってしまったが、しばらく考えて呟く。

「ぼくは生きていて、いいのかな」

真っ直ぐな瞳で斎を見つめて、あどけない声で訊ねた。

「きみは生きるために、あの火事から生き延びた。幸せになるためにだ」

そう言われて、憂は小首を傾げる。なにを言われているか、理解しがたいといった表情だ。

「……そっか……」

子供の溜息に似た声は、聞く者の心を掻き毟《むし》る。あどけなく罪がないからこそ、人は罪悪感に囚《とら》われるのだ。

生まれてから、ずっと日の差さない暗がりで育ち、一日に数回、世話をするお美津以外は、母親の呪詛《じゅそ》しか知らない憂。

生まれたての柔らかい赤ん坊のような少年に、なんと言葉をかければいいのか、わからないのが本音かもしれない。

「今日は疲れただろう。軽食を用意させたから食べなさい。そして、ゆっくり眠るんだ。傷は深くはないが、浅くもない。まずは休養し、薬をきちんと飲むんだ。それで傷は治っていく」

そう言われて、頰に貼られた大きなガーゼのことを思い出す。この傷は癒《い》えるのか。

「……うん」

「そう。いい子だ」

用意されていた軽食は、温かい牛乳とクラッカー、それに乾酪《チーズ》だ。

だが、差し出された皿とカップを見て、憂は首を傾げるばかりで、手をつけようとしない。

「これ、食べ物？」

「クラッカーとミルクだ。病院で見たことないのか？」

「初めて見た。この白いのが飲み物？　熱いよ。こんなに熱いの、飲んだら死んじゃうよ」

「死ぬわけがあるか」

憂はカップに注がれたホットミルクを怖がっている。しかしミルクは、ほの温かいぐらいの温度で、けして熱いものではない。

どうやら病院では、熱いもの、湯気が出るような温かいものは出されていなかったらしい。それが怪我の治療のためか、座敷牢で育った特殊すぎる経歴を慮《おもんばか》ってくれたものかは、斎にはわからなかった。

なんにせよ、蔵の中で生まれ育った憂にとっては、温度のある飲食物は初体験なのだ。

「いつも蔵の中でもらうごはんは冷たくて、カチカチだった。ねぇ、この白いの、やっぱり熱いよ。飲めないよ」

嫌そうに顔を逸らした憂に、斎は辛抱強くカップを手に持たせてやった。

「熱くない。ちゃんと人肌ぐらいにしてある。ほら、いい香りだろう」

いい香りと言われても、初めて嗅ぐ匂いだ。判別のしようがない。

「だって、こんなの飲んだことない」

これ以上の説明が面倒になったのか、斎は自らカップの中身を一口ぐいと飲んでしまった。

「あっ」

突然の行動に、憂がびっくりして声を上げる。だが、斎は澄ました顔でカップを憂の手に握らせた。

「熱くないし、毒でもない。もちろん死んだりしない。普通の、蜂蜜《はちみつ》が入った甘いミルクだ。うまいぞ。たくさん飲むと胃がびっくりするから、ゆっくり、噛《か》むようにして飲みなさい。とても滋養がある、身体が温まる飲み物だよ」

斎の言葉に後押しされて、とうとう憂は、おずおずとカップの中身を口に含んだ。その途端、ふわぁっといい香りがして甘い味が口の中に広がる。飲むとすぐ、憂の顔に子供らしい笑顔が浮かんだ。

「これ、……これ、すごくおいしい」

「そうか、クラッカーも食べてごらん。こうやって、クラッカーの上に乾酪を載せて、そのまま口に入れるんだ」

温かいミルクで警戒心が解けた憂は、言われるままクラッカーに乾酪を載せて、ぽしぽし齧《かじ》ってみる。すると口の中に濃厚な牛酪《バター》の味と、さくさくした香ばしさ、それに乾酪の深いコクが広がった。

驚いて、慌てて斎を見る。そして、聞き取れないほど小さな声で呟いた。

「しょっぱい……、でも、おいしい……」

「塩気の強い、柔らかいものが乾酪。パリパリしたものが、クラッカーだ」

「ちーず、くらっかー。はちみつの、みるく……」

子供のような声で繰り返す。生まれて初めて口にした味覚への、新鮮な衝撃。

文明開化といわれて久しい時代だったが、庶民が味わうことも少ない洋食。それらを、閉ざされた環境で育った憂が口にしたのだから、呆然《ほうぜん》とするのも無理はないだろう。

生まれて初めて食べる軽食は、とんでもなく美味だった。憂は皿に盛られていた乾酪とクラッカーを、あっという間に食べ終えると、カップに残るミルクを飲み干す。そして、満足そうに溜息をついた。

「おいしかったぁ……！」

満腹になって、気持ちが落ち着いたのだろう。憂はそのまま、清潔でふかふかの寝台に横になり、あっという間に眠ってしまった。

あどけない寝顔を見て、斎が眉根を寄せているのにも、まったく気づいていない。

斎は痛々しいものを見守る、そんな瞳で憂の寝顔を見つめていた。

□□□

「憂。きみの名前を、今日から新しくしよう」

朝食のあと憂の部屋にやってきた斎は、ご丁寧に改名を宣言する。言われたほうは、ぱちくりとまばたきをして斎を見るばかりだ。

「新しい名前?　どうして?」

「憂は、綺麗な響きだ。だが漢字で書くと、憂えるという読み方もできるし、憂鬱という字にも当てはまる。もっと、明るい名にしよう」

今度は「それってどういう意味?」と質問責めにせず、憂は納得したように頷いた。

「うん。お母さんは、ぼくが嫌いだから憂って名前にした。それって、ぜんぜん明るいことじゃないよね。……ぼくも憂って名前、大嫌い」

そう言って目を細める憂は、ひどく老成して見えた。

この世のすべてに絶望した、老人のような目だ。

斎はその空気を吹き飛ばすように、突然、明るい声を出す。

「きみの名前は今日から珊瑚《さんご》にしよう」

「さんご?」

「そう。この石の名前が珊瑚だ」

斎がそう言って自らの胸元を差して見せたものは、タイピンについた赤い石だった。

「きれい。この色とか石にも、名前があるの?」

「これは血赤《ちあか》色だ。この石は名のとおり、血赤珊瑚という石だ」

「色にも石にも、ちゃんとした名前があるんだね」

「そう。きみの名も、今から珊瑚だ」

「さんご……」

「そう。漢字で書くと、こういう字だ」

斎はそう言うと、手元にあったメモ用紙に、さらさらと『珊瑚』と書き記す。

魔法みたいに記された、新しい名前。海に眠る、宝石の名前。

「これで、さんごって読むの？」

「そう。これが珊瑚という字だ。美しい文字だろう」

「うつくしいって、なに？」

「心が浮き立つような、どきどきするような。反対に心が静かになり、胸の奥から感動する。それを人は、美しいと表現する」

なにも知らない憂に、斎は辛抱強く教えてやった。

「ちなみに、これが私の名前だ。木戸斎。すぐ覚えられる字だ」

「きど、いつき……」

記された文字は、とても姿がよかった。見ているだけで、胸が熱くなる。

「この紙、もらっていい？」

憂は『珊瑚』と『木戸斎』と書かれた紙片に指で触れながら訊いてみた。斎は「いいよ」と答えながら笑う。

「そんなものが欲しいのか。……おっと。話の途中だったな。きみの名前の件だが、宗司や美津、それに他の使用人たちにも、ちゃんと言っておこう。これからは、珊瑚と呼ぶようにとね。

綺麗だろう」

「うん。すごくきれい。……でも、どうして、ぼくに名前をつけるの」

「きみのことを歓迎し、祝しているからだ。だから、新しい名を贈る。呪詛に満ちた名前などではなく、誰にでも愛される美しい名前を」

憂は斎の胸元につけられた宝石に、そっと触れる。

「ぼくの、名前……」

斎は自分のタイピンを外して、憂の胸元につけてやった。白い肌に、血赤珊瑚はとても映えている。

「英語ではオックスブラッドという。可愛らしい桃色の珊瑚の石が人気だが、この深い赤さが実に美しい。海に眠る宝石だ。きみに贈ろう」

このとき、憂は海を知らなかった。それでも斎の唇から語られる宝玉の名前は、夢のように輝いて見えた。

「どうして？」

きょとんとした邪気のない目で、憂は斎を見つめた。吸い込まれそうな、黒々とした大きな瞳だった。

憂の質問があまりに多いから、斎は思わずといったふうに笑った。幼い弟に延々と質問責めにされ、困り果てている兄という図が浮かび、思わず笑ってしまう。

「私には弟も妹もいないが、いたら、こんな感じなのかもしれんな」

「おとうと？　いもうと？　それなに？　どうして」

「どうしてどうしてと、うるさいぞ」

斎はなぜか、憂に家族的な親しみが湧《わ》いていることに気づいたらしく、『うるさいぞ』と言いながらも、その口元には笑みが浮かんでいた。

「私ときみが出会った記念に、贈り物ぐらいさせてくれ」

なんとも雑な理由をつけて言いきると、憂の胸元を彩る珊瑚に触れ、笑みを浮かべる。

「きねん？」

「これから、きみの人生は違う方向へと動く。今日がその岐路《きろ》だ。悲しいことがあったら、この珊瑚を見なさい。赤い珊瑚は魔除《まよ》けと言われていて、邪《よこしま》なものを退ける石だ」

どうして、そんな大切なものを自分にくれるのだろう。

そう訊こうとして、憂は言葉を呑み込んだ。

たった今、『どうしてどうしてと、うるさいぞ』と言われたばかりではないか。憂は胸元に輝く赤い宝玉を、改めて見つめた。

「これは、なくしてしまわないように首飾りに加工しよう。そうしたら、いつも首から下げていられる」

「どうし」

どうしてと言う前に、珊瑚は口を閉じた。斎が、とてつもなく冷ややかな眼差しで、自分を見ていたからだ。

「な、なんでもないっ」

「上出来だ。では、この珊瑚はしばらく預かるから」

斎はそう言うと、自らのハンカチで珊瑚に贈ったタイピンを丁寧に包《くる》み、ポケットに入れる。

珊瑚はその様子を、じっと見つめていた。

斎。

生まれて初めての贈り物。赤の宝玉。それから名前。

初めて、自分の存在を認めてくれる名。蕩《とろ》けるような、赤い石。優しい声。

なにより、あの火の中から命懸けで憂を助けてくれた人。

斎。斎。斎。

大切な言葉のように、何度も心の奥で呟いた。

宝物である赤い宝玉よりも、もっと大切なもの。

涙が出そうになるぐらい、嬉しくて堪《たま》らなかったけれど、泣いたことがない憂には、どうしたらいいのか。

こんなとき、どう言って嬉しさを伝えればいいのか、憂には、――――珊瑚にはわからないままだった。

4

斎に『珊瑚』と名づけてもらった数日後、医者が木戸家へやってきた。診察を受けた珊瑚は格段に回復していると、褒《ほ》められる。

その往診が終わったあと、斎はなにかを思案しているように考え込んでいる。サンルームに用意されたお茶を飲みながら、珊瑚は首を傾げた。

「斎、どうしたの？　ぼく、だいぶ傷が治ったって言われたよ」

珊瑚の報告に、そばで給仕をしていた宗司も嬉しそうだ。

「ご回復が目覚しくて、よろしゅうございました。お食事も残さず召し上がられるので、コック長が喜んでおります。それに最近は、お勉強も進んでおられますし」

褒められて、珊瑚が年相応の顔で笑った。宗司の言うお勉強とは、珊瑚につけられた家庭教師が教える勉強のことだ。簡単な国語と日常の生活に関するすべてのことを、教師に教えてもらっていた。

なにもかもが順調だ。なにより珊瑚が健康を取り戻しつつある。だが、斎の表情は変わらない。どうしたのだろうかと首を傾げていると、ようやく斎は口を開いた。

「ああ、忘れていた。先日の珊瑚を、首飾りに加工してもらったんだ」

斎はそう言うと、宗司に「届け物を持ってきてくれ」と申し付ける。部屋の隅に控えていた宗司は、すぐに銀のトレイに載せた小箱を捧げ持ってくる。

箱を受け取った斎は、中から華奢《きゃしゃ》な金の首飾りを取り出した。鎖の先には、以前もらった珊瑚がついていた。

「斎の珊瑚だ」

「いや。きみの珊瑚だよ。ちょっといいかな」

斎は座っている珊瑚の後ろに立つと、「髪を上げて」と言った。珊瑚が慌てて髪を掻き上げると、すぐに金鎖が回される。

「さぁ、できた。少し長めにしたから、苦しくないだろう」

珊瑚が俯くと、きらきら輝く金の鎖と珊瑚が目に入った。とても美しい宝飾品だ。

「きれい……」

「こうやって下げておけば、なくすこともない。それに、よく似合う」

斎は改めて珊瑚を見据えた。

「珊瑚がこの家に来て、まもなく一ヶ月が経つ。具合がよくなってきたし、勉強にも慣れてきたようだ。そこで、折り入って頼みがある」

その勿体ぶった言い回しに、ふたたび珊瑚は首を傾げる。

「おりいって。ってなに」

宗司は込み入った話だと判断し、お辞儀をしてからサンルームを退出してしまった。二人きりになると斎は珊瑚を見つめた。

「きみに頼みたいのは、とても高貴な姫君の話し相手だ」

「ひめぎみって、なに？　こうきって？」

子供のような、なぜなに。これが始まると面倒だ。そう判断した斎は、先に話を進めることにした。

「説明はシャワーを浴びて、身綺麗にしたあとだ」

「みぎれい？」

「一日一回、風呂に入ること。食事のあとは、歯を磨くこと。外から帰ったら、うがいと手洗いを必ずすること。髪を毎日梳かすこと。それから」

小言のような言いつけに、珊瑚の眉間に皺が寄る。斎は大好きだが、この口うるさいところは、どうにもいただけない。

「も、もういい」

「そうか。いいのか。では、シャワーにしよう。これからは、いつも身綺麗にして、いい香りをさせるのが決まりだ」

そのひと言に珊瑚は無言で固まった。今まで、お美津が入浴の世話をしてくれたけど、身体を洗うことはせず、絞った手ぬぐいで拭くだけだったからだ。

「あの、お風呂に入らなきゃ、だめなの……?」

「駄目」

「……ぜったいに、だめ?」

「そう。絶対に駄目だ。姫の話し相手を頼む以前に、まず、入浴の習慣だ。浴槽にお湯を溜めて入るのが一番だが、それが無理ならシャワーだけでもいい。お湯に入るのは疲れが取れるし、なにより、とても気持ちがいいんだ。座敷牢では味わえなかったかもしれないが、普通の暮らしをしていたら、当たり前の楽しみだぞ」

「お美津に髪を洗ってもらったから、それは知っているけど……」

「そうか。美津に感謝だな」

□□□

斎はそれ以上、話を聞いてくれなかった。珊瑚の肩を抱いて部屋の中にある扉を開く。そこは、西洋式に造られた浴室だった。

大きな窓から日が差し込む浴室は、白いタイルが貼られていて、とても清潔そうだ。金色の、大きなシャワーヘッド。真っ白い浴槽は猫脚つきだ。

　少女ならば歓声を上げる浴室だったが、珊瑚にとっては、まったく意味がわからない謎の空間だ。そもそも、風呂という概念さえ知らないのだから、風呂場も無意味なのだ。

「さぁ。こちらにおいで」

　斎は手際よく珊瑚のシャツを脱がせる。しかし、そこで手が止まった。

　日に当たっていないため、珊瑚の肌は不自然なくらい白い。その白い肌の背中には、いくつもの傷痕があった。

　火事による火傷じゃない。これは、火事以前の傷だろう。火事の前とはいえ、裂けたところは生々しい傷痕になっていた。その傷はひとつではなく、無数に残されている。

　入院している間、背中も一緒に治療が行われていた。むろん、斎も背中の傷の報告は受けている。だが、話に聞くのと実際に目の当たりにするとでは、衝撃が違う。

　斎の手が止まったので、珊瑚が俯いていた顔を上げる。ちょうどその対面に大きな鏡が貼られていたので、珊瑚の背中を凝視して、固まっている斎の姿が目に入ったようだ。

「あ、ごめんなさ、い。ぼくの背中、気持ち悪いでしょう」

「いや。……気持ち悪くなんかない」

「ううん。お母さんは背中を叩いてから、気持ち悪いって言ってた。変な虫みたいで気持ち悪い虫め、虫めって言って、また叩くの。終わりがなかったなぁ。だから、あんまり見ないで。

気持ち悪くなっちゃうよ」

なんの感情も滲ませない珊瑚の声が、きゅっと止まる。背中に温もりを感じたからだ。

恐々と振り返ると、斎が珊瑚の背中に、掌を当てている。大きくて指が長い、とても綺麗な掌だった。

「変じゃないし、気持ち悪くもない。……この傷は、たったひとりで闘ってきた、きみの勲章だ。忌まわしい傷だが、負けずに頑張っていた尊い勲章だよ」

「とうとい？　くんしょうって、なに？」

またしても、なぜなにの質問だ。けれど、斎は嫌な顔をせず丁寧に答える。

「勲章には、ふたつの意味がある。ひとつは勲功や功労に、国家から授けられる記章。もうひとつの意味は」

背中に当てた掌に力を込めた。

「きみの誇《ほこ》りだ」

「ほこり？　ほこりって、なに」

「誇りとは自らの信念であり、矜持《きょうじ》である。人間にとって、なにより大切なものだ。誰にも傷つけられない、きみだけの尊い輝きだと思いなさい」

「きょうじ……」

ほこり。かがやき。きょうじ。とうとい。

なにを言われているのか、まだ教育途中の珊瑚に、わかるわけがない。だけど。

だれにも、きずつけられない、きみだけの、かがやき。

ゆっくりと水が染み込むように、頭の中に斎の言葉が届いた。

浴槽に張られたお湯が、窓から差し込む陽光を受けて輝き、きらきらと白いタイルに反射する。その揺れる水面を、珊瑚はじっと見つめた。

「斎って、すごい。ぼくの知らないことを、なんでも知っているんだね」

「別に、なんでも知っているわけではない。きみの語彙が少ないだけだ」

「ごい？　ごいって、なんだろう。ほら、もうわからない言葉が出てきちゃった。やっぱり、斎はすごく頭がいい。それに背も高いし、顔も綺麗だし、優しいし、……わぁっ！」

うっとりと斎を賛美していた珊瑚は、突然、斎に抱えられ、浴槽の中へ静かに沈められてしまった。温かいお湯が、肌を包み込む。

「私への礼賛は、ここまでだ。どれだけ褒められても、風呂だけは毎日、入ってもらおう。日本髪を結っていて髪を洗えない女性でも、風呂には入るぞ」

年寄りのようなことを言いながら、斎は珊瑚を浴槽の中に座らせると、海綿で肩や胸などを洗い始めた。柔らかい感触の海綿なんて、生まれて初めての経験だ。

木戸家に来てから毎日お美津が身体を拭いてくれていたが、お湯に浸かるのは初めてだった。珊瑚は入浴の心地よさに、思わず眠くなってしまう。

「気持ちいいだろう。これからは、毎日、自分で洗いなさい」

「ン。うン。……でも、斎は、一緒に入らないの？」

そう言うと、斎は眉根を寄せてしまった。

「風呂は、ひとりで入るものだ。世俗の汚れと疲れを落とし、明日への活力を備えるために入る。赤ん坊や幼児は親がつきそうが、珊瑚は赤ん坊なのか？」

どうやら面倒な流れになったのだと悟った珊瑚は、「ううん」と呟いた。

(だって、こんなに気持ちいいんだし。ひとりで入るより、二人で入ったほうが、もっと気持ちいいのに)

「失礼いたします。珊瑚様のお着替えをお持ちしました」

浴室から出ると、宗司が部屋の隅に控えている。見れば寝台の上には、いくつもの衣類が並べられていた。

「きちんとした格好でないと、姫君に紹介できない。相手は宮家の流れを汲む西園寺《さいおんじ》家のお姫《ひい》様《さま》。世が世なら我々など、ご尊顔を拝し奉ることさえ畏《おそ》れ多いお方だ」

この辺りで、珊瑚は質問をしなくなる。そろそろ面倒になっていたのだ。

宗司は珊瑚の傷に薬を塗ったあと、髪を梳《くしけず》り斜めに流す。柔らかな絹のシャツに、濃い色のズボン。履《は》き物は、つやつやに磨き上げられた黒の革靴だ。

珊瑚には、靴を履くという概念さえなかった。座敷牢の生活では靴は必要なかったし、病院でも木戸の屋敷でも、革のスリッポンしか履いたことがない。

「知ってる、これは靴だ。子爵が履いていたの、見たことがある。斎も履いているよね」

「そう。大正と元号が変わった今も、和装が主流だ。だが、これからは洋装に変わっていくだろう。珊瑚も靴に慣れなさい」

着せてもらった洋服は、手触りがとてもいい。それに、とても軽い。靴も、履いてすぐは窮屈だと思ったが、時間が経てば経つほど、足に馴染んでくる。

座敷牢で着せられたのは、古い浴衣《ゆかた》だ。寒いと訴えたけれど、母親は厚地の着物も、ましてや洋装も許してくれなかった。

（お母さんは、……ぼくに死んでほしかった）

またしても、座敷牢の記憶が蘇る。あの暗い空間の中で、死ぬことを待たれていた。そして自分自身も、早く死にたかったのだと思う。だからこそ、あの炎の中でも平静でいられたのかもしれない。

でも、斎が助けてくれた。

あんな火の中を、なんの縁もゆかりもない珊瑚のために、彼は飛び込んでくれたのだ。

（ぼくも、ぼくも斎のために、なにかしたい）

なにも持っていない、なんの力もない珊瑚が恩返しなど、おこがましいと思う。だけど、なんでもいいから、斎の役に立ちたい。

そして。そして喜んでもらえたら。斎の喜ぶ顔が見られたのなら。

自分はきっと、天にも昇る気持ちになるだろう。

「これはいい。似合うじゃないか」

いつの間にか自分の世界に浸っていた珊瑚は、はっきりとした声に顔を上げた。

目の前の壁に造りつけられた、大きな姿見。その鏡に映るのは、見たこともない少年だ。

滑らかな薔薇色の頬。柔らかな黒髪。小さな顔は端正な目鼻立ちで構成されている。

恥ずかしそうに伏し目がちになる漆黒の瞳は、長い睫《まつげ》に縁取られて、少女のような可憐さを滲ませている。細い鼻梁に、ほの紅色《べにいろ》の唇は、錦絵《にしきえ》のようでもあった。

「少々、肌が荒れておいでなので、ご婦人がつけるスキンクリームをお塗りしました。髪には椿油を軽く塗っております」

「なるほど。こうして見ると、少女のようにも思えるな。それも、極上の美少女だ」

斎がそう洩《も》らしたのも、無理はない。珊瑚は確かに際立っていた。

ほっそりとした肢体を、上質の衣服で包む姿は、良家の子息といっても差し支えない。

「衣服と髪を整え、きちんとした格好をさせただけなのに、別人のようだ。いや、元来、珊瑚の持つ気品と容姿のお陰か」

斎はそう言うと椅子から立ち上がり、鏡の前で戸惑っている珊瑚の肩を引き寄せた。

「では、これから姫に会いに行こう」

「お、ひめ、さまって、どこにいるの」

「むろん当家にいらっしゃる。貴賓室においでの客人は、碧様《みどり》だ」

そう言われて、ちょっと驚いた。いくら木戸家が広い西洋館といっても、他に客人がいたことに、まったく気づかなかった。

「碧様は貴賓室からお出ましにならないから、きみが気がつかなかったのも無理はない」

「ふぅん……」

そのまま二人は、部屋の外へと歩き出す。宗司は主人のために扉を開くと、深々と頭を下げた。どうやら、彼は一緒に来ないらしい。

斎に肩を抱かれたまま長い廊下を歩いていた珊瑚は、胸がどきどきして苦しくなってきていた。どうしてこんなに胸が高鳴るのか、理由がわからない。

(おひめさま、って人に会うから？　それとも、洋装なんて着たから、こんなに胸がどきどきするのかな)

珊瑚は廊下を歩きながら、ちらっと斎を見た。長身の斎を見るためには、首が直角になるほど曲げなくてはならない。

(背が、高い……。伊藤子爵《いだ》も大きい人だったけど、斎は、もっと大きい)

長身の斎に肩を抱かれていると、なんだか護られているみたいな、大事にされているみたいな、そんな気持ちになる。

（なんだか、……くすぐったい）

理由もなく恥ずかしくなり、俯こうとする。だが、視線に気づいていたのか、斎は静かな声で珊瑚を呼んだ。

「なんだ？　人の顔を黙って見上げているものではない」

見つめていたことを咎《とが》められて、きゅっと小さくなる。

「ご、ごめんなさい。あ、あの、おひめさまに会うって聞いて、それで」

つい、口から出まかせを言ったが斎は気にした様子もなく「まぁ、いい」とだけ言って、奥の部屋の前で止まる。そして、軽くノックをした。

「碧様。斎です。お邪魔しても、よろしいでしょうか」

すぐに部屋の扉が開かれ、メイドが頭を下げる。そのメイドは、驚いたことにお美津だ。

「碧様が、お入りくださいとおっしゃっています」

そう言ったお美津は、斎の隣にいる珊瑚を見て、びっくりしたように目を見開いた。事情を知らぬお美津だから、それも当然だろう。

「失礼する。珊瑚、おいで」

斎は慣れた様子で部屋の奥にある、大きな扉の前に立つ。お美津はすぐに、その扉を開き、深々とお辞儀をした。

部屋の中は、大きな天蓋《てんがい》のついた寝台が中央に設えられ、いくつかのランプが灯された洋室だった。

そしてその寝台には、小柄な少女がヘッドボードに寄りかかるようにして座っている。

珊瑚は見慣れぬ光景に目を奪われ、声も出せずに部屋の中を、いや、そこに佇《たたず》む少女を不躾《ぶしつけ》に見つめてしまった。

その少女のいる空間は、まるで一枚の絵のようだったからだ。

「珊瑚、頭を下げなさい」

そう注意され、珊瑚は慌てて頭を下げる。

「失礼いたします。碧様。話し相手を務める者を、連れて参りました」

頭上から斎の声がする。話し相手を務める者とは、珊瑚のことなのか。では、当事者を抜きにして、話は先に進んでいたのだと気づく。だが。

「お話し相手？　いつ、誰が、そんなものを斎に頼みましたか」

苛立ちを隠そうともしない声音で、少女は斎を睨みつける。

「お話し相手のご相談は、昨晩、碧様に申し上げました」

澄ました顔で言ってのけた斎に、少女は「いりません」と、素っ気なく言い放った。

「斎。おまえは人の話を聞いていませんね。わたくしは話し相手などという、作られたご友人など不要です」

珊瑚は頭を下げたまま、ちらりと視線を上げて少女の顔を見る。少女は、人形のように整った顔立ちをしていた。

　真っ白な肌に、長い黒髪が際立って美しい。切れ長の瞳は長い睫に縁取られ、まばたきするたびに、ぱさぱさ音を立てそうだ。整った容《かたち》の鼻と小さな唇。まさに、美少女だった。

　その美少女は忌々《いまいま》しいと言わんばかりに眉を顰めて、斎を睨みつける。だが、斎はまったく堪えていないのか、うっすらと笑みさえ浮かべていた。

「不要でございますか。それは困りました」

「困るのは、そちらの勝手でしょう。いらぬと言ったら、いりません。その者は、元にいたところへ返していらっしゃい」

　そう言われて、珊瑚の身体が揺らぐ。元にいたところというのは、伊藤子爵家であり、あの座敷牢であるからだ。

　あの空間に戻る。

　戻って、また鞭打たれ、火をつけられるのを待つ。

　そう考えただけで、身体に震えが走った。

「碧様。この者は、帰る場所がございません。碧様がお見捨てになるのでしたら、路頭に迷うことになります」

　静かな声で斎は話し始め、珊瑚の肩を抱く手に力を込めた。

「なぜ路頭に迷うのですか。元の家に帰ればいいだけでしょう」

「珊瑚は、実の母親に虐《しいた》げられて育ちました。生まれて、すぐ座敷牢に閉じ込められて、日の光も浴びずに育ったのです」

さすがに少女も驚いた顔で珊瑚を見た。美しい瞳には訝《いぶか》しむような光が宿っている。

「監禁されていたのに、どうして今、ここにいるのですか」

「先日、珊瑚のいた座敷牢に火が放たれました。原因は、珊瑚の母親です。彼女は不義を働き珊瑚を宿しましたが、不貞がばれて、夫から疎《うと》ましがられていました。その鬱憤を、珊瑚に向け、この子を殺そうと火をつけたのです」

「殺す……、実のお母様でしょう。まさか、そんな」

「実の親子だからこそ、愛憎が深かったのでしょう。その火事に偶然、私が居合わせ、救出することができました」

淡々と話す斎をどう思ったのか、碧はじっと珊瑚を見つめた。それから、招くように手先を動かす。

「珊瑚。姫がお呼びだ。いらっしゃい」

お呼びと言われても、どうしていいか、わからない。おずおずと寝台の近くに寄ると、少女は「もっと近くにいらっしゃい」と言った。

珊瑚が言われるまま寝台に座る少女と並ぶ。彼女はじっと珊瑚を見つめ声を出した。

「珊瑚という名は、本名ですか」

「ううん。斎がつけてくれた。憂って名前だったんだけど、淋しい名前だからって」

訥々《とつとつ》としゃべる珊瑚に、少女は意外そうな表情を向ける。

「斎が？　そんな気の利いたことをする人とは、思いませんでした」

何気なく酷いことを言う少女に珊瑚は「ううん」と、かぶりを振る。

「斎は優しいの。だって大火事のときに火の中に飛び込んで、ぼくを助けてくれたもの。あんなこと、他の誰もしない。斎しかしない」

「斎は、いつもガミガミ文句ばかり言う、意地悪な小姑とばかり思っていました」

すぐ隣に当の斎がいるのに、少女はまったく躊躇いない評価を下す。だが、それにも珊瑚は
「意地悪じゃないよ」と否定する。

「斎は優しい。誰よりも優しい。それに強い。だから、ぼくは斎が大好き」

屈託のない言葉に、少女は面食らったようにまばたきを繰り返した。よほど奇異に映ったのだろう。

少女がちらりと斎を見上げると、彼は肩を竦める。

「過大評価ですね。私は、そこまでは優しくありません」

その言葉に少女はなにも答えず、ふたたび珊瑚を見つめた。

「斎に言われたから、わたくしの『お話し相手』とやらを、務めようと思ったのですか」

「うん。斎はぼくの大事な人だから、言われたらなんでもする」

「……なんというか、うまく躾けたものですね」

溜息とともに言った少女は、困ったように珊瑚を見た。

「あなたは、ずいぶんと華奢ですね。髪も長いし、女の子みたい」

「珊瑚は日に当たらない生活を続けていたから、骨格も細いし、肌も白いのです。少女のようにも見えますね。これぐらい中性的なら、姫のそばにいても気にならないと思いまして」

斎がそう言うと、少女はつーんと横を向いてしまった。

「わたくしは今、珊瑚と話をしているんです。斎は、黙っていてください」

「失礼申し上げました。お許しください」

斎はこの小さな暴君に、なにを言われても気を悪くする様子がない。むしろ、面白がっている気配すらある。

「ねぇ。名前を訊いていい？」

このくだけた質問に、碧はまったく動じた様子もなく、「申し遅れました」と微笑む。

「西園寺碧と申します。長い名前だから、碧と呼んでください」

「みどり？」

「はい。碧で結構です」

ほのぼのとした会話を止めたのは、しかめっ面の斎だった。

「珊瑚。碧様はこう仰っているが、きみとは身分が違いすぎる。きちんと、碧様とお呼びしなさい」

斎の鹿爪らしい言葉に、珊瑚はしゅんとしてしまった。

「ご、ごめんなさい。碧、様」

だが、当の碧は眉根を寄せて、斎を軽く睨んだ。

「わたくしが、いいと言っているのだから、いいのです。斎は堅苦しい。没落華族の生き残りに、どうしてそこまで気を遣いますか。わたくしは別に、呼び捨てで構いません。気にする体面など、ないも同然ですから」

怒ったように早口で言うと、珊瑚に改めて向き合った。

「それより。わたくしは珊瑚と話がしたい。そうだ、午後のお茶を、ご一緒しませんか。今日は天気もいいから、テラスでお茶にしましょう」

碧の突飛な思いつきは、あっという間に現実になった。

客間から続く大きなテラスには、急遽《きゅうきょ》テーブルと椅子が運び出され、すぐさま、メイドたちが茶器やお菓子を配膳する。

テラスには薫り高い紅茶の、いい匂いが漂っている。宗司が給仕してくれたのは、英国風アフタヌーンティーだ。

大きなポットで淹《い》れられたダージリン、三段のスタンドに盛られているのは、焼かれたばかりの、チョコチップが焼き込まれたマフィン。爽やかな胡瓜《きゅうり》のサンドイッチ。オレンジのパウンドケーキは、お美津が運んできた。

「いい薫りですね。木戸家は、いつもおいしい紅茶が揃っていて嬉しいです」

ほんの少しだけ、嬉しそうな声音になった碧に、斎はほっとしたようだ。

「お気に召していただけて、よろしゅうございました。英国から取り寄せた茶葉です」

「ええ。気に入りました。とても、おいしいです」

碧はたくさん並んだお菓子よりも、紅茶のほうに関心を示している。一方、珊瑚はテーブルの上に、ところ狭しと並べられた茶菓に気を取られた。

考えてみれば今日は朝食もそこそこに、碧に会うための準備でバタバタしていて、昼食をとっていない。座敷牢にいた頃は、丸一日、食事を抜かれたこともあり空腹には慣れていたが、入院して過ごした日々は規則的に食事が出てきたし、木戸家に来て、さらに規則正しい生活だったので、昼食を抜いただけでも、自然と空腹を覚えていた。

そんな珊瑚に気づいたのは、誰でもなくお美津だった。

「ゆ、いえ、珊瑚様。お腹が減ってらっしゃるのではありませんか」

お美津の言葉に、斎はようやく気がついたようだ。

「そうか。珊瑚、きみは昼食を食べていないな」

突然、話の矛先がこちらに向いたので、珊瑚は目をぱちくりさせる。

次の瞬間、お美津も、碧も、そして斎も真顔になって、食器を引き寄せる。

「珊瑚様、このケーキ、柑橘類《かんきつ》が焼き込んであります！」

「食事の代わりというならば、胡瓜のサンドイッチのほうがいいでしょう」

「いいえ。今すぐ食事を用意させます。宗司、宗司はいないのか」

優雅な午後のお茶会は、一転して慌ただしい食事会となってしまった。

宗司が手配したのは、鶏肉と煮込んだ柔らかい粥《かゆ》と、茶碗蒸し、それに温かいスープだ。おいしそうな香りが広がって、珊瑚もお腹がきゅうきゅう鳴る。

「さぁ、食べなさい。気がつかなくて、悪かった」

そう謝ってくれる斎に、珊瑚は「んーん」とかぶりを振った。

「ぼくね、この家に来る前は一日に一回ぐらいしか、ごはん貰えなかったから。食べないのは、慣れてるの」

子供のような呟きに、給仕のために立っていたお美津が眉根を寄せる。

その様子に気づいた碧が声をかけた。

「美津。どうしました。泣きそうな顔をしていますよ」

「すみません……、憂さ、いえ、珊瑚様のお世話をしていたのは、あたしなのに。あたし、気がつかなかったんです。あたしがいないときに、別の下働きがお食事の世話をしているとばかり思っていました。でも、まさか食べてらっしゃらなかったなんて」

泣きべそ顔になりそうなお美津を慰めたのは、当の珊瑚だった。

「お美津は悪くない。そういうふうに、お母さんが決めていたんでしょう。もうね、お母さんは本当にぼくが嫌いだったから。だから、ごはんもあげたくなかったんだよ」

口では「大丈夫」と言ったが、話していると声が掠れる。

これから何度、母親が自分を嫌っていたかを自覚するのだろう。もう、考えたくないのに、何度も何度も、こうやって証拠を突きつけられる。

おまえは、母親にさえ愛されなかった、惨めな子供なんだと。

珊瑚は目の前に置かれた木製の匙《さじ》で粥をすくい、口に運ぶ。とても熱くて、いい香りがして、すごくおいしい。

この世には、こんなおいしいものが、あるのだ。

生きていたから。あの火事で、お母さんに殺されなかったから、こんなにおいしいものが食べられる。温かいと感じられる。

生きていたからこそ、――――生きているからこそ。

「おいしい」

珊瑚がにこっと笑うと、とうとうお美津は泣き出してしまった。

「珊瑚様、う、ううう……っ、あたし、気がつかなかったばっかりに……っ」

エプロンで目元を拭うお美津を、碧は引き寄せて抱きしめてやる。

「美津、泣かないで。今は昔。過去のことを悔いても、なんら進展しません。涙を拭いて、珊瑚に笑顔を見せてあげなさい」

　碧の言葉にお美津は顔を上げて、正面から珊瑚を見つめ、とうとう声を上げて泣き出した。どうやら、顔を上げたのは逆効果だったらしい。

「ああ、もう。泣くんじゃありません。泣いても、なにも好転しませんよ」

　わんわん泣いているお美津を抱きしめて、碧は根気強く慰めてやる。その様子を見ていた斎は、呆れたように注意を促した。

「美津、もう泣きやみなさい。畏れ多くも、碧様に慰められているのは筋違いだ」

「は、はい。碧様、申し訳ございません……っ」

　はっと非礼に気づいたお美津が身体を離すと、碧は唇の端だけで笑った。

「構いません。美津は可愛いから、私も楽しい。女の子に抱きつかれるのは、嫌な気にならないです」

　碧はそう言って、晴れやかに微笑んだ。

「さて。珊瑚が食事をとっている間に、今後のことを決めたいと思います。斎、先ほど言っていた話し相手の件ですが、やはり、わたくしでは役不足です」

「役不足と申しますと」

　斎のもっともな疑問に碧は答えあぐねている様子だったが、観念したように吐き出した。

「……わたくしは、殿方が苦手なのです」

その場にいた全員が、なんと返していいかわからず、碧を見る。碧は眉根を寄せ、深く考え込んでいるような表情になった。

「まぁ、珊瑚は男子というよりは、少女に見えます。それでも、やはり男子の格好をしているのが苛々します」

その言葉を聞き、斎が眉根を寄せる。碧の当たりが強いのは、単純に斎が男のせいだったらしい。性別が問題で当たられているのならば、理不尽の一語に尽きる。

渋い声が出るのは、碧自身も困っているからだ。珊瑚の事情を知って、どうにかしてやりたいと思っているのだろうと、容易に想像がつく。

しかし、生理的に嫌なものは、誰だって嫌なのだ。理屈ではない。

碧の気持ちを慮っている斎は、唇に手を当てて思案していた。そのとき、お美津が思いもかけない提案をする。

「あのぅ。碧様は珊瑚様が男子の格好をしているのが、お気にかかるのですよね」

「平たく言うと、そうです」

「珊瑚様ご自身をお気に召さないっていうんじゃなければ、女の子の格好をするのは、どうでしょう。お着物もドレスも、きっとお似合いになると思いますが」

その提案に、斎は座っていた椅子から立ち上がる。そしてひと言、「名案だ」と言った。

5

結局。珊瑚は意見を言う暇もなく、慌ただしく碧の衣裳《いしょう》部屋に連れ込まれてしまった。

「まぁ、珊瑚様っ。とっても、とっても、とっても、お可愛らしいですわ」

言われるがまま着付けられた珊瑚は、微笑が隠しきれないお美津の、惜しみない賞賛を受ける羽目になる。

「かわいい、かわいいって、なに？」

いつもどおり、疑問は斎に向かって投げかけられる。斎は少々、困ったという色を滲ませながら答えた。

「愛情を持ち、大事にしたいものに対して使う言葉だ。小さくて可愛らしいとか、小さくて愛らしいとか、小さくて邪気がないとかだ」

「……ぼく、そんなに小さくない」

さすがに、三回も続けて言われると珊瑚の口から抗議が出る。それに対して答えたのは、斎ではなく、着替えさせたお美津だった。

「いいえ！　珊瑚様がお小さいなんて思っておりませんっ。ただ、お人形さんみたいに可愛らしいって意味です。そんな、お小さいなんて！　絶対、小さくありませんからね！」

ここまで立て続けだと、珊瑚でなくても大抵の人は落ち込む。その証拠に珊瑚の肩が、これ以上ないほど下がっていた。

姿見の前に立つ珊瑚の後ろで、椅子に座っていた斎は、ふと眉根を寄せる。

「実に可愛らしい。碧様に、よく似ているな」

「あ、あたしもそう思いました！　髪の長さが碧様ほど長くありませんが、もっと長くして薄化粧をされれば、見分けがつかないと思います！」

「鬘《かつら》の手配は、どうとでもするとして。美津。軽く化粧をしてやってくれ。厚化粧でなく、薄く、上品にだ」

斎の言葉に、お美津は「はいっ」と元気よく返事をして、さっそく白粉《おしろい》を取り出した。柔らかな刷毛《はけ》に白粉をつけると、珊瑚の滑かな頬に軽く叩《はた》く。

「碧様の眉は、しっかりされているので、眉墨はいりません。睫も、珊瑚様はとても長くていらっしゃるから、目じりに少しだけ墨を入れて、頬紅も桃色で淡く。薄い口紅を塗ってらっしゃるから、珊瑚様にも同じ色の紅を……。まぁ、なんて可愛らしい！　本当に、碧様とそっくりになりますわ！」

はしゃいだ声のお美津が、さらに高い声を上げる。それもそのはずで、薄化粧をした珊瑚は、ちょっと見には碧と見分けがつかない。

「すてき！　なんてお可愛らしいんでしょう！」

そのとき、扉を軽く叩く音がして、碧が顔を出してくる。

「ずいぶん賑やかですね。なにを」

碧は話をしながら部屋に入ってきたが、すぐに足を止め、ぽかんとした表情を浮かべて、珊瑚を食い入るように見つめた。

「素敵ですね。なんて似合うんでしょう」

碧本人の賞賛の声に、珊瑚は恥ずかしそうに顔を俯け、ちらりと姿見に視線を移す。

確かに、鏡に映る少女は、碧とそっくりな顔をしていた。

柔らかな頬、通った鼻筋、紅い唇。長い睫は物憂げだったし、瞼を少し伏せると、長い睫が際立って見える。

碧本人から拝借した深紅の振袖《ふりそで》は、珊瑚の白い肌に映えていた。軽く揃えた髪は、市松《いちまつ》人形のような可愛らしさを珊瑚に与えている。

「……これは、驚きました」

鏡に映る珊瑚の姿を見ていた碧は、嬉しそうに珊瑚の手を握りしめた。

「こんな格好をしているなら、何時間でもそばにいてほしい。むしろ、もっと他の格好も見てみたいです。ねぇ、美津」

「はいっ、珊瑚様にとても映えると思います！」

黙って女衆の話に耳を傾けていた斎は、椅子から立ち上がった。

「斎？　どうしたの」

黙り込んでいる斎に、珊瑚が声をかけてみる。だが、斎はなにかを考え込んでいるのか、生返事をして、部屋を出ていってしまった。

「ご主人様、どうなさったのでしょう」

お美津も首を傾げている。いつもの斎らしくない行動なのだろう。

「斎は、いつも難しい顔をしている。それより珊瑚。別の振袖を着てもらいます」

「えぇ……っ、まだ着替えるんですか」

うんざりした表情を浮かべる珊瑚に、碧は容赦ない。

「当たり前でしょう。こんなに楽しい遊びがあるなんて、わたくしは知りませんでした。さぁ、その振袖を脱いで、次はこちらの大振袖を着てもらいます。美津」

「はいっ、かしこまりました。さ、珊瑚様。こちらへどうぞ！」

女性二人は、瞳をきらきらさせて珊瑚を見つめている。これは、等身大の着せ替え人形を手に入れたという喜び以外の何ものでもない。

だが、そんな歪《ゆが》んだ遊びを、珊瑚にわかれというのも無茶な話だ。

「どうして碧様もお美津も、そんなに楽しそうなの？」

「楽しいだなんて。そんなことはありません」

「碧様のおっしゃるとおりです。あたしも、別に楽しんでなんかおりませんっ。さぁ、珊瑚様っ、こちらへどうぞ」

この否定が胡散臭《うさんくさ》い。珊瑚はしぶしぶ、二人の玩具《おもちゃ》になるしかなかった。

□□□

初めて碧の振袖を着てから、数日後。

昼食をとっていた珊瑚は、宗司に声をかけられた。

「お食事中、失礼いたします」

「うん、なぁに?」

宗司は少しだけ困惑したような表情を浮かべた。

「碧様から、ご伝言でございます。お食事が終わられたら、また着せ替えをしましょうと」

着せ替えと聞いて、珊瑚の表情が固まった。あの姫君は、前回の着せ替えがお気に召したらしい。

「もし、お気が進まないのでしたら、私のほうで」

宗司の心遣いを聞いて、自分が変な顔をしたのかと慌てた。碧は斎の、大切なお客様だ。それに、自分も碧のことを嫌いじゃない。

「う、ううんっ。ぼく、今から碧様のところに行ってくるっ。心配しないで。綺麗な着物を着られて本当に楽しくてっ」

「……珊瑚様、お手が逆になっておられます」

そう言われて、自分がフォークを逆さまに握っていることに気づく。

「あっ、手がベタベタだ。やだなぁ、もう。あははっ」

虚《むな》しく響く笑い声を、宗司は黙って聞いていてくれた。だが、憐憫《れんびん》の眼差しで見つめられていたことに、室内に控えていたメイドたち全員が気づいていた。

珊瑚は手渡された濡れタオルで手を拭くと、宗司と一緒に貴賓室へ向かう。既に珊瑚が伺うことが、メイドによって知らされていたらしい。貴賓室にいた碧は、鷹揚《おうよう》に出迎えてくれた。

「珊瑚、ごめんなさい。せっかくの食事の邪魔をしてしまったようですね」

「ううん。食事は終わっていたから大丈夫。えと、着せ替えって聞いたけど、またお着物？」

「いいえ。今度は洋装にしようと思って。先日届いたドレスが、とても素敵だと思います」

姫君のとんでもない提案に、飛びついたのがお美津だ。部屋の隅に控えていた彼女は、嬉々としている。

「珊瑚様、どうぞこちらへ。お着替えの準備が整っております」

思わず珊瑚の表情が暗くなる。だが、喜色満面のお美津と碧の顔を見てしまうと、無下にもできない。

「ええと、じゃあ、着替えてきます……」

観念した珊瑚は、またしても碧の衣裳部屋へと連れ込まれるのだった。

□□□

「こうまで自分に似ていると、不思議な気持ちがします」

碧が溜息をつきながら、珊瑚を眺めるのも無理はない。お美津、渾身《こんしん》の出来である。

今回は薄紅色の可愛らしい洋装である。ふわりとした生地に、丁寧な刺繡《ししゅう》が施されているワンピースだ。頭にはクロッシェと呼ばれる、釣り鐘の形をした帽子。足元はエナメルのハイヒールである。

「珊瑚は銀座《ぎんざ》を歩いても、似合うのではないでしょうか」

「わぁっ！　素敵です！　碧様と珊瑚様がお二人で歩かれたら、注目を浴びますわ！　珊瑚様、銀座に行ってみたいと思いませんか？」

少女たちの盛り上がりを、珊瑚はなんとも言えない気持ちで聞いていた。初めて着る服は、ひらひらふわふわで、なんとも心許《こころもと》ない服装だ。なにより、生まれて初めて履くハイヒールは足の甲をストラップで固定してあるものだが、拷問具に近かった。

「こ、これって、高下駄《たかげた》？」

「まぁ、珊瑚様。高下駄なんてご存知でしたか」

週に一度来る家庭教師のひとりが、高下駄を履いてきたことがある。だが、その履物も珊瑚にとっては異世界のものだ。

「それより洋装はどうですか。軽くて、着やすいでしょう」

碧はご機嫌な様子でそう言うが、珊瑚にとっては裸も同然だった。座敷牢に閉じ込められていたときは、浴衣しか与えられなかった。考えようによっては、浴衣よりも心許ない。

「なんか、足の間がすぅすぅする。さ、寒いよ」

「とてもお綺麗です。靴は履いているうちに、すぐ慣れますわ」

お美津が無責任なことを言っているが、実に信憑性《しんぴょうせい》がない。こんな高下駄を履いて歩ける人間の気が知れないと、珊瑚は溜息をつく。

「失礼いたします」

そのとき、部屋の扉がノックされ宗司が顔を出した。

「碧様。主人が帰りました。碧様にご挨拶したいと申しております」

「ああ、お通ししてください」

主人が帰ったことを知らせる執事に、碧は鷹揚に頷いた。

「失礼します」

斎が礼儀正しく部屋の中に入ってくる。そして、すぐに碧の隣にいる珊瑚に目を留め、瞠目《どうもく》して言う。

「……また、着せ替え遊びですか」

「はい。珊瑚は本当に、振袖もドレスも似合っているので楽しいです。ねぇ、珊瑚」

「んー……、楽しい、かな？」

納得しきれないが、曖昧な笑顔を浮かべて微笑む珊瑚に、斎は同情の眼差しを寄せる。

「楽しいかどうかは、さておき。……少々、碧様にご相談がございます」

「わたくしに？」

真面目な話になりそうなので、珊瑚は遠慮したほうがよさそうだ。そう判断し、席を立とうとした。だが、

「いや。珊瑚も交えて話がしたいので、ここにいてくれ」

「まじえ、て？　ってなに」

「すぐにわかる。美津、すまないが、すぐに終わらせるので席を外してもらえるかな」

「は、はいっ」

急に真顔になった斎に、お美津はすぐに頷く。その様子を見た碧も笑顔を引っ込めた。

「人払いをして相談とは、穏やかではありませんね」

「いえ。今後の碧様のご進退について、お話をさせていただきたいと思いまして」

お美津は散らかった小物を手早く籠《かご》に入れ、そそくさと去っていく。部屋の中には、斎、碧、そして珊瑚の三人だけになった。

「進退についての話とは、なんですか」

落ち着いた碧の声に、斎は頷いた。

「恐れながら、最近、碧様は体調が優《すぐ》れないことが多いとお見受けいたします。無理もありません。お家の中で、あれだけの騒動があって、狭苦しい我が家に蟄居《ちっきょ》いただいているのですから」

「木戸家が狭苦しいのなら、帝都中の邸が狭苦しいでしょう」

斎の言葉に碧は言い返し、「それで？」と先を促した。

「今、碧様は公式の場においでなることも、現状の体調ではままなりません。しかし、宮家からのお誘いも多く、蔑《ないがし》ろにもできないのが現状」

斎は座っていた椅子から立ち上がると、碧の足元に跪《ひざまず》く。

「木戸斎。お願いがございます。碧様も体調が戻るまで、御身の身代わりとして、ここにいる珊瑚に、代役を務めさせるわけには参りませんでしょうか」

それを聞いた碧は、胡乱《うろん》げな眼差しを斎に向ける。

「代役？　わたくしの代役を、珊瑚にやらせようというのですか」

「はい。先日の茶会以来、碧様の体調は芳《かんば》しくございません。もしや不届き者が、茶会で碧様の茶碗に、毒でも仕込まれていたのではないかと」

「ばかばかしい。あの茶会は宮家主催。いらしている来賓も、皆様ご立派な方ばかりだし、警護も厳重なものでした。不届き者が、入る隙はありません。ましてや毒を仕込むなどと」

「愚かな杞憂《きゆう》と、お笑いください。ですが碧様は、我が木戸家がお仕えさせていただいた、西園寺家の大切な後継者であらせられる。現在、木戸は西園寺家の許から離れておりますが、碧様はなにを置いても、大切な後継者でいらっしゃいます」

　この熱い主従の言葉は、碧には通じないようだ。彼女は、面倒そうに溜息をつく。

「確かに江戸の時代から、木戸家は西園寺家に忠義を尽くしてくれました。それは感謝しております」

「勿体《もったい》ないお言葉でございます」

「でも西園寺公爵だった父は亡く、残されたのは、ひとり娘のわたくしのみ。女は爵位を継げません。しかも未成年。宮家からのお力もあって、財産没収は特例中の特例で、なんとか免《まぬか》れました。ですが、没落に変わりはないのです。なぜ、その斜陽を極めた西園寺家の厄介者であるわたくしを、護ろうとするのですか。理屈に合いません」

「長年、木戸家がお仕え申し上げた誉《ほま》れある西園寺家。その本家の後胤《こういん》であられる、かけがえのない姫君をお護りできるのは、この上なく光栄な使命でございます」

「斎、あなたは自分が思うよりも、さらに愚かですね」

「承知しております」

　話の当事者であるはずの珊瑚の意見など、まるで無視されたまま話が進んでいく。珊瑚は黙って成り行きを見守っていたが、口答えする気にはならない。

　斎が床に膝をついて、懇願しているのだ。その姿を見て、珊瑚は胸が締めつけられるように痛む。

　平伏する意味が、珊瑚にはわからない。それでも、大の男が少女に向かって頭を下げる、その忠誠心は、痛いほど胸を打つ。

「木戸斎、一生のお願いでございます。不届き者を捕まえ、姫の安全が確認できるまで、珊瑚を身代わりとして立てることを、お許しください」

「わたくしの許し以前の問題です。この件について、珊瑚はなんら関係がありません。しかも珊瑚は、今、初めて聞いた顔をしているじゃありませんか。家臣にさえ頼むのを躊躇《ちゅうちょ》するような、危険な役目です。斎、あなたはなにを考えているのですか」

「ですが、膿《うみ》を出すためでございます。多少の痛みは、必要であるかと」

「わたくしは、他人の危険の上に得る平穏な暮らしなど、いらぬと申している。しかも、他人の痛みを当然とするなど笑止《しょうし》」

「碧様、そこを曲げて、お願い申し上げます」

「くどい」

頭を下げ、さらに平伏する斎に、珊瑚は声も出なかった。

身代わりについては、もちろん珊瑚も初めて聞いた。事後承諾も甚《はなは》だしい。しかも、碧が承認すれば、珊瑚は身代わりとして、危険な場へ赴かなくてはならない。

なんの縁《ゆかり》もない少女のために、命を懸けなくてはならないのだ。こんな馬鹿げた話があるだろうか。

珊瑚が席を立ち、「こんな茶番につきあえない」と却下すればいい。

だが、珊瑚は、なにも言葉が出なかった。頭にあるのは、たったひとつ。

「ぼくは、いいよ。斎の役に立つんでしょう」

ぽつりと呟くと、床に額を擦りつけんばかりだった斎が、ぱっと顔を上げる。そして、きらきら煌《きら》めく美しい目で、珊瑚を見つめた。

(うわぁ……っ)

思わず息が止まりそうな、真摯でまばゆい眼差し。その瞳に見つめられて、言葉も出ない。

「珊瑚、受けてくれるかっ」

斎は感極まったように言うと立ち上がり、珊瑚の手を握りしめた。大きな掌は、少しひんやりしているのに、とても温もりがある。

(おっきい手……、どきどきする)

手を握りしめながら見つめてくる、黒い瞳。

この目を、前に見たことがある。いつだったろう。そうだ、この瞳は確か。

『絶対に生きてここから出る。こんなところで死んでたまるか』

（ああ、そうか）

初めて会った、あの炎の中だ。

そうだ。あのとき斎は命を懸けて、自分を助けに来てくれた。ただ偶然、火事に遭遇しただけなのに。

燃え盛る炎の中で、珊瑚の背中を優しく撫でてくれた。

あのときの斎がいなければ、今、自分はここにいなかった。

（うん、……うん、そうだね。そのとおりだ）

誰になにを言われたわけでもないのに、珊瑚はひとり納得して、小さく頷く。

『死んでたまるか。私も、もちろん、きみもだ』

（この命は、斎がいたから、ここにあるんだ）

珊瑚は斎に向かって、大きく頷いた。

「碧様の身代わりをするよ。碧様の着物を着て、お化粧していればいいんでしょう？」

その言葉に、碧は眉根を寄せながら顔を覗き込んでくる。

「珊瑚、安全であると、断言はできません。もしかしたら、命に危険が及ぶかもしれないんです。そのことを、わかっていますか」

心配そうに見つめてくる碧に、珊瑚は微笑んだ。

「斎が困っていて、碧様は手助けがいるんでしょう。ぼくがお手伝いをできるなら、なんでもする。斎が大好きだし、碧様も好きだもん。役に立ちたいんだ」

碧は珊瑚を抱きしめて、小さな声で「ありがとうございます」と囁《ささや》いた。

碧の華奢な身体を受け止めながら斎を見ると、彼は眉根を寄せた表情で、じっと珊瑚を見つめていた。

珊瑚が言葉を知っていたら、斎のその瞳が「狂おしい」ものだといえただろう。彼の瞳は悩ましく、そして、心許ないものだった。

□□□

その夜。夕食が終わり各自が部屋に戻ると、珊瑚に与えられた部屋の扉が叩かれた。

寝台にごろごろ横になりながら、文字の練習帳を見ていた珊瑚が顔を上げ、叩かれた扉を見る。すると、返事をする前に扉は開かれた。戸口に立つのは、斎だ。

「斎。どうしたの」

「きみと話がしたいと思って。邪魔かな」

「ううん。邪魔なんてことないよ」

「そうか。失礼する」

突然のことに、珊瑚は言葉が出ない。それでも、寝転んでいた寝台から身を起こし、斎を迎え入れる。

部屋の中央に置かれた椅子に長い足を組んで座ると、斎は珊瑚を見つめる。

その澄んだ瞳に見つめられると、やっぱり胸が苦しくなるみたいだ。そう思って、珊瑚は小さく咳払いをしてみた。

「あの、……話ってなに？」

椅子に座る斎のそばに立つと、すっと手を摑まれる。顔を上げると、斎は痛みに耐えるような眼差しで珊瑚を見つめた。

「先ほどは、すまなかった」

「先ほど？　すまないって、なに？」

「夕食前に、碧様と三人で話をしたときのことだ。私は、きみに相談もなく、碧様の身代わりの話を始めてしまった。最初は碧様の話し相手という名目だったのに、突然、身代わりに変更だ。きみが一番、驚いただろう。いや、怒りを覚えても当然なのに、よく耐えてくれた」

そう言われて、思わず苦笑が浮かんだ。

確かにあのときは、びっくりした。いきなり碧の身代わりなどという話になったから、誰でも驚くだろう。だけど、斎が困っているのは理解できたので、怒りは湧いてこなかった。

「んー、ん。驚いた。斎と碧様が難しい顔をしているのも驚いた。でも、怒っていないよ」

珊瑚の言葉を聞いて、斎は苦悩に満ちた表情が氷解していく。それを見て珊瑚のほうが、ホッとしてしまった。

「先ほど、なぜ自分が碧様の身代わりをするのか、なぜ碧様の身は危険なのか。不思議だったろう。最初から、順序立てて話そう」

斎は静かな声で、今までの経緯を珊瑚が理解できるように、ゆっくりと話し始めた。部屋の中に灯されたランプの灯《あか》りが、ゆらりと揺れる。

宮家とも縁が深い、西園寺公爵家の姫君、碧。彼女は先ごろ父、西園寺公爵を病で亡くした。母は碧を出産して、すぐに亡くなっている。だから彼女は文字どおり、天涯孤独の身の上になってしまった。

ひとり娘しかいない西園寺公爵家は、後継男子がいない。この場合、戸主はひとり娘の碧となるが、爵位は失われる。女性が家督《かとく》を継承することは許されていないからだ。

しかし碧の場合だけは違う。爵位は返上するが、財産は継承するという、異例の措置が取られることになった。

碧の母が宮家の出身であることや、父である西園寺公爵の血筋を重く見た、特例中の特例だ。

「碧様って、そんなにすごい人なんだ……」

「そう。我々と碧様とでは、身分が違いすぎる。あの方は世が世なら、皇室にお入りにならられても、おかしくない」

「こうしつ？」

「天皇陛下や皇族の方々の総称を、皇室というんだ」

「あの、……てんのうって、偉いの？」

斎は困ったように天井を見上げ、「そこからだな」と呟いた。

「天皇陛下とは、この大日本帝国の君主、つまり一番、偉い方をいう」

「偉い方……。斎よりも偉いの？」

「陛下は天上人であらせられる。私など拝謁《はいえつ》することも叶わないし、ご尊顔を拝し奉ることさえ、畏れ多い」

「ごそんがん、を、はいし？」

「拝し奉る。要するに身分が違いすぎて、お顔を見ることさえ畏れ多いという意味だ」

面倒になったのか、かなり端折《はしょ》った説明だが、それでも珊瑚は神妙に頷いた。

「そんな偉い人のそばに行けるぐらい、碧様って偉い人なんだね」

会話が脱線したのに、ちゃんと主旨に戻っている。斎は片方の眉だけ上げた。

「ちゃんと理解しているのか。珊瑚は賢いな」

微妙な褒め方だったが、珊瑚は嬉しそうに微笑んだ。

「りかい、……ちゃんと、わかること」

「そうだ。珊瑚は理解が早い。では、話を続けようか」

碧は結局、異例中の異例として、莫大な財産を相続することが決定する。だが、この措置を不服として大反対するものがいた。

他ならぬ、西園寺の親族である。

親族たちは、碧と遠縁の男子を結婚させ、爵位と財産を継がせたのちにすべてを我がものにしようと画策していた。しかし、それは実行に移す前に、あっけなく当の碧に露見してしまい、一蹴《いっしゅう》されてしまった。

親族たちの逆恨みは激しく、憎い碧を亡き者にせんと考え、身の上が危なくなったのだ。

「だって、碧様の家のお金でしょう。碧様が自由にするのが、当たり前だよね。変なの」

その言葉を聞いて、斎は苦いものを呑み込んだような表情になる。

「そう。珊瑚の言うとおりだ。卑《いや》しくも西園寺家の末であるならば、本家の遺産の行方など、知らぬ存ぜぬでいればいいものを。碧様は、初めから遺産など不要とおっしゃっていた。女性ながら、この潔《いさぎよ》さ。まこと、尊敬に値する」

結局、碧より相談を受けた木戸家が、女子の身でこの事態に立ち向かうのは困難と判断し、力添えすることに至った。木戸家は代々、西園寺家に仕える直参だった。

「ご相談を受けた頃から、姫君の体調が思わしくない。元々、お身体が強くない上、このところの騒動で調子を崩されてしまった。数日後の園遊会も辞退できればいいのだが、宮家からの招待を断ることは不可能。なので、しばらくの間、珊瑚が碧様の身代わりになってくれればと思った」

「ぼく、本当に碧様の身代わりなんて、できるのかな」

「初めての着物姿には、本当に驚いた。まさか、あんなに似ているなんて思わなかったよ。園遊会には、美津をつきそいに同行させよう。きみは風邪を引いたとか適当な理由をつけて、話をしなければいい。さすがに、声質だけは違うからな」

お美津の名を聞いて、ようやく肩の力が抜ける。たとえ、そばに張りついていなくても、彼女が近くにいてくれるだけで、安心できる。

そう思っていると、斎が珊瑚の手をそっと握る。顔を上げると、真摯な表情をした斎と目が合った。

「ありがとう。碧様の代役を引き受けてくれて、本当に感謝する」

改まった口調で言われて、頭を下げられてしまった。

「ぼく、なにもしてないよ」

「きみが引き受けてくれなければ、碧様は病み上がりの身体をおして、出かけられただろう。それを止められて、どれだけ助かったか。この礼はちゃんとする。なにが望みかな」

「のぞみ？」

「謝礼だけでなく、なにか欲しいものを贈ろう。どんなものでもいい。なにか、欲しいものがあるだろう」

望みなんて、考えてもいなかった。斎の言うとおり、彼が困っているとわかったから、なんとかしたいと思っただけだ。手を貸したいなんて概念は、珊瑚にはない。

ただ、斎のためになにかしたい。それだけだ。

「ほしいものなんか、なにもないよ」

そう答えた珊瑚の声は、とても静かだった。

静謐《せいひつ》といっていい、響きを帯びている。

「ぼくね、今までずっと、お母さんから死ねって言われていた。ぼくのことを心配してくれるのは、お美津だけだった」

訥々とした話し方だったが、内容は悲惨を極めている。感情的でないぶん、余計に陰惨さが生々しく伝わってくる。

「前にも言ったけど、お母さんは、ぼくを虫って言ってた。毒虫だって。汚い、臭い、気持ち悪いって。毎日そう言って、鞭を使った。痛かった。身体と、心が」

「珊瑚。以前のこと、特に母親のことは、もう忘れなさい。きみは生きて今、ここにいる。過去を振り返るな」

斎の言葉に、珊瑚は微笑を深めた。

「斎はぼくに、『きみの母親が、すべての基準ではない。今が人生のすべてじゃない』って、言ってくれた」

「そんなことを言ったかな」

「うん。聞いたときは意味がわからなかった。でも、辞書で一生懸命、調べた。意味がわかったとき、すごく嬉しかった」

「……そうか」

「斎はね、『きみは、生きなさい』って言ったの、覚えている?」

「ああ、それは覚えている」

「斎は、ぼくに生きなさいって言ってくれた。それがどんなに嬉しかったか、ぼくは言葉では言えない。だから、碧様の身代わりになろうって思ったの」

斎は、憂えるなんて鬱陶《うっとう》しい名前を棄てさせてくれて、新しい名前をくれた。

ぴかぴかの、綺麗な赤い石と同じ名前を。

だから自分は斎のために、なんでもできる。なんでもする。

「身代わりのことだが、危険が生じそうなときは、すぐに逃げなさい。護衛は皆、自分の身を護る訓練を積んだ男たちだ。彼らに構わず、自分の身を護ってくれ」

「うん。わかった。……あ、さっき欲しいものはないかって言っていたでしょう。あれね、一個だけあった」

「そうか。なにが欲しい?」

このおねだりに斎が顔を寄せると、珊瑚は恥ずかしそうに、頬を赤らめる。

「うん……、あのね、ぎゅってして」

「ぎゅって？」

「火事のときに斎は、ぎゅってしてくれたでしょう」

その言葉に斎は眉根を寄せた。それもそのはずで、火事のときに斎がしたのは、抱擁ではない。肩に担ぎ上げ、背中を宥《なだ》めるように、ぽんぽんと叩いただけだ。

「もしかして、肩に担がれたことを言っているのか」

「担ぎ？　んー、……わかんない。ぎゅってして、ぽんぽんって」

少ない語彙で、一生懸命に説明する姿をどう思ったのか、斎の口元に微笑みが浮かぶ。

「きみの説明は、面白いな」

そう言うと、困った顔をしている珊瑚を引き寄せて、ぎゅっと抱きしめた。

「ぁう」

「とりあえず。きみの言う、ぎゅっというのがこれなら、いつでもしてやろう」

くすくす笑いながら囁かれて、珊瑚は真っ赤になってしまう。

「おかしな望みだな。欲がない。……ああ、もうずいぶんと遅くなったな。今夜はここまでにしよう」

『おやすみ』と言って、斎は部屋を出ていく。その姿を見守りながら、片手を振った珊瑚だったが、扉が閉まった瞬間、ものすごく悲しくなった。

――――望みなんか、決まっている。

お金も宝石も、なんにも欲しくない。自分が欲しいものは、たったひとつ。

「……斎……」

子供の独占欲だと、今の珊瑚にわかるはずがない。

どんなに欲しいと思っても、どんなに抱きしめられても、あの人は絶対に、自分のものにならない。それは、なんとなくわかる。

だって斎は、なんでも持っている。大きなお屋敷。たくさんの召し使い。家の中に飾ってある壺《つぼ》とか、絵とか、きらきらの器とか。

そんな人が、珊瑚のものになるはずがない。

煌びやかな世界に住み、日本の偉い姫君と仲のいい斎。

そんな人を欲しがって、どうするんだろう。どうなるんだろう。

そして、どんなに欲しがっても、絶対に自分のものになるわけがない。

珊瑚は首から下げた赤い石を取り出し、唇に寄せた。ちゅっと小さな音を立ててくちづけたあと、小さく溜息をつく。

ほしいものは、ひとつ。たったひとつ。

斎がほしい。

そんな、切なくて報われない想いを抱きながら、珊瑚はゆっくりと瞼を閉じた。

6

「ごきげんよう、碧様」

「お久しぶり。やっぱり碧様がいらっしゃると、場が華やぎますわね」

「お加減が優れないと伺いましたが、もう、よろしいのですか」

煌びやかなシャンデリアの光は、珊瑚の目には眩しすぎる。

招待された人々は、美しい衣裳に身を包み、和やかに談笑している。その場に珊瑚と、特別にお美津がついていていた。

今日の珊瑚は、碧の大振袖に身を包んでいた。見事な加賀友禅《かがゆうぜん》だ。

「申し訳ございません。主人に成り代わり、お詫《わ》び申し上げます。本日、碧様は少々お喉を痛めておられて、お声を出すことが難しいのです。ご了承くださいませ」

そばについていたお美津が、かいがいしく頭を下げて事情を説明すると、周囲の令嬢や夫人は悲しそうな表情を浮かべた。

「まぁ。なんて、おいたわしい。碧様の美声が聞けないなんて」

「まことに。碧様のお声を聞くだけで、気持ちが晴れ晴れとしますのに」

「独逸《ドイツ》からお帰りになったばかりの、医学博士をご紹介いたしますわね」

モダンな言い方をすれば、有閑《ゆうかん》マダムといった上流階級の夫人たちは、天地が引っくり返ったように、囀《さえず》り始めてしまった。

「あ、あの。主人は、どうぞご心配なくと申しておりましたので、どうぞお構いなく。あの、お声をもう少し控えめに」

お美津が慌てて、夫人たちを止めようとした。だが、高揚した女性たちを止めるのは、至難の業だ。どんどん声が大きくなり、ホールにいた他の招待客も、こちらに注目し始めてしまった。

お美津が、どうしようといった顔で、おろおろと珊瑚を見つめてくる。

碧の着物に身を包んだ珊瑚が一歩、前に進み出ると、深々と頭を下げた。そして顔を上げると、にっこりと微笑む。花が開いたような、そんな微笑だ。

その優雅な所作と微笑みに、夫人たちは言葉を失い、次の瞬間、わぁっと歓声が上がる。

「碧様、やっぱりお変わりないわ」

「本当に。西園寺家の新しい女主人は、なんて優雅なんでしょう！」

珊瑚は典雅な笑みを浮かべて会釈をし、お美津と一緒にいったんホールから退室する。そして、控えの間として提供されている隣室に入った。幸い、控えの間は無人だ。

人のいない部屋に入った瞬間、お美津は腰から力が抜けたように、床に座り込んでしまった。どうやら、彼女にとっても大変な試練だったのだろう。

「さ、珊瑚様……っ、ありがとうございますぅ」

途端に涙目になったお美津に泣きつかれて、珊瑚は口元に笑みを浮かべる。

「お美津は、すごく上手に話をしていた。ぼく、びっくりしちゃったもん。ありがとう」

珊瑚が笑ってそう言うと、お美津はまたしても涙を滲ませながら、かぶりを振った。

「珊瑚様、あたしなんかにお気遣いされなくて大丈夫です。斎様がいらっしゃるまで、あたし、頑張ります」

座り込んでしまったお美津の手を取って、「よいしょ」と立たせてやる。

「うん。お美津のことは頼りにしてる。でも……、斎は今日、本当に来られるのかな」

本当は、一緒に来るはずだった斎は、仕事で問題が発生したと連絡が入り、同行ができなくなったのだ。結局、珊瑚についてきたのは、お美津と警護の青年二人だ。

心配そうな面持ちで俯く珊瑚に、お美津は明るい声を出す。

「大丈夫です！　珊瑚様のことは護衛の方と、あたしがお護りしますから！」

健気《けなげ》に言うお美津に珊瑚は微笑み、頷いた。

「頼もしいね。お美津がいてくれると、心強い」

珊瑚がにっこり笑ったのと、扉が開いたのは同時だった。

「碧様、こちらにいらしたのね。お邪魔してよろしいかしら。ホールは人が増えて、熱気がこもりますわ」

粋な着物を着こなした夫人が、部屋の中に入ってくる。それに珊瑚は頷いた。お美津が、頑張って事情を説明してくれる。

「奥様、申し訳ございません。碧様は喉を痛めておられて、お声を出すことが難しいです」

「あら。可愛いメイドさんね。碧様、趣味がよろしいわ。メイドさん、心配なさらなくても、少々休んだら退散しますわよ」

夫人はそう言うとお美津を見て、小首を傾げる。

「わたくしの思い違いかしら。メイドさん、どこかでお見かけしたような気がするの。……あ、伊藤子爵家の春の茶席だわ。あなた、お手伝いで隅にいらしたわね」

突然の言葉に珊瑚はびっくりしてしまったが、お美津は動じなかった。

「はい、奥様。実は木戸家にお世話になる前は、伊藤子爵様のお宅に勤めておりました」

「まぁ、やっぱり！　前は和服だったし、今は可愛いメイド服をお召しだから、思い出すのに時間がかかってしまったわ。……そうそう、そういえば碧様は、伊藤子爵家の噂《うわさ》を、お聞きになりましたかしら」

伊藤子爵と聞いて、お美津は珊瑚に目配せし、驚いた顔で夫人を見た。

「あ、あの伊藤子爵家の奥様のことも、碧様は、もちろん存じ上げております」

「そう。じゃあ、あなたにも特別に教えてあげる。伊藤子爵のお宅は先日、庭に建ててあった蔵から火事を出したのを、ご存知かしら。あれは、子爵夫人の過失らしいのよ」

火事と聞いて、珊瑚の身体が震えた。それも仕方がないことだろう。

お美津は珊瑚の様子を気にしながら、言葉だけは無邪気に振る舞っている。

「あたし、その場にいました！　すごい火事だったから、怖かったです」

「まぁ。そんな恐ろしい火事に遭遇なさったなんて。なんてお気の毒なの。お可哀想に」

「怪我もしていませんし、大丈夫です。でも、奥様の過失って、どういうことですか」

夫人はお美津の耳元に口を寄せて、声を潜めた。

「なんでも、子爵夫人は気の病《やまい》だったそうで、混乱して、蔵の中で点していた行灯を蹴飛ばしたって話よ。それを見た小間使いが、火事の現場で子爵夫人の過失をばらしてしまったそうで」

今度はお美津の顔色が青くなる。それもそのはず、その小間使いとはお美津本人だ。いったい、誰から話が洩れたのか。

だが、たくさんの使用人がいたから、仕方がない。人の口に戸は立てられないのだ。

「し、知りませんでした。そんな小間使い、いたかしら」

「それで不審に思った伊藤子爵様が調査したところ、蔵の中には奥様が不倫の挙句に出産した子供が、隠してあったんですって。わざわざ、座敷牢まで造って。子爵夫人が人を近づけずに管理されていたそうよ。怖いわねぇ」

そんな話を聞かされて、珊瑚は首を竦めた。いったい、どこから話が洩れ、こんな噂にまで発展したのか。

お美津が調子を合わせて、うまい具合に話が進んでいる。珊瑚も声が出ない振りを続けながら、興味ありそうな表情で話を聞いていた。

「それでね。その座敷牢に閉じ込められた子供は、火事で死んでしまったそうなの。この件をお知りになった伊藤子爵は、大変お怒りになってね。夫人を離縁してしまわれたのよ」

「り、離縁ですか！」

お美津の驚いた声も当然だったが、珊瑚には『離縁』の意味がわからない。ここで声を出すわけにもいかず、あとで斎に訊こうと思った刹那。

「ええ。離縁の上、官憲に突き出されてしまった子爵夫人は、留置場の中で、……首を吊っておしまいになられたそうよ」

「じゃ、じゃあ、奥様は……」

「子爵夫人が天に召されてしまわれたのに、子爵家は関わりがないとして、ご遺体の引き取りは頑として拒否されたそうよ。結局、ご実家が引き取られたそうですけど。ああ、なんて痛ましいお話でしょうね」

お亡くなりになった。珊瑚が初めて聞く言葉だが、意味はわかる。それは、死んでしまうという意味だ。ご遺体というのは、死体という意味だろう。

声に出さなかったが、珊瑚は夫人から浴びせられた酷い言葉の数々を、頭の中で復唱し考えていた。

お美津がなにかを言っているのが聞こえる。だけど、心に響かない。身体中がどんどん冷たくなり、ぼうっとして耳に入らなかった。

母が死んだ。いつも珊瑚を忌々しいと罵り、鞭を振るい、毒虫と怒鳴ったあの母が。

いつもいつも、珊瑚に死ねと叫んでいた人が、永遠にいなくなったのだ。

座敷牢の中で、彼女は支配者だった。いや、珊瑚の世界といってもいい。

「碧様、お加減がよろしくないのですか」

そのとき。低い声が耳朶《じだ》をくすぐるように囁き、肩に手を置かれた。

ハッとして顔を上げると、いないはずの人がいる。思わず声を上げそうになって、慌てて口を押さえた。

斎だ。いつもと違う、黒い光沢のある背広に身を包んだ彼は、揺るぎなく見える。

「まぁ、木戸様。ご無沙汰いたしております」

「白木《しらき》夫人。お久しぶりです。本日お見えとは、存じませんでした」

「ええ。今日は碧様が、お目見えと伺ってね。お会いできてよかった。木戸様にもお会いできるなんて、想定外でしたわ」

二人は顔見知りだったのか、にこやかに話を始めている。その間に、珊瑚は身体の硬直が解けた。

（びっくり、した。身体、動かなくなっていた……）

珊瑚は椅子に座ったまま、膝に置かれた自分の手を、じっと見つめた。ゆっくりとだが、指は動く。確かめるように、何度も握ったり開いたりした。

（斎の声を聞いたから、だから動いた）

白木夫人と談笑している斎を、そっと横目で見た。今日も、斎はすてきだ。なんて格好いいんだろう。

そんな他愛もないことを考えていると、先ほどまでの、頭の芯が痺《しび》れるような感覚が、どんどん薄れていくみたいだ。

（そうだ。考えちゃいけない。今日のぼくは、碧様の身代わり。代役っていうんだっけ。だから、伊藤子爵の奥様が死んだことは関係ない。……だって、ぼくは碧様なんだから）

珊瑚の気持ちが沈んでしまったことを感じ取った白木夫人は、場の空気を払拭《ふっしょく》するように、明るい声を出した。

「暗いお話をして、ごめんなさいね。子爵家の話はお終《しま》い。碧様、ご気分が悪くなってしまったのなら、謝りますわ。ごめんなさいね」

白木夫人が心配そうにするのに、珊瑚はかぶりを振り、にこっと笑う。

「そうそう。木戸様と碧様は、いつ頃ご結婚なさるのかしら」

突然の言葉に、斎は眉根を寄せる。

「初耳です。西園寺家は木戸家の長年の主筋《しゅうすじ》であられた。身分が違います」

「でも木戸家は長い間、西園寺家にお仕えされていたとはいえ、今では、伯爵家を叙せられたご身分。西園寺家の姫君とは、お似合いだと思いますわ」

白木夫人は、そばに控えているお美津に向かって、にっこりと微笑んだ。

「ご存知かしら。木戸家というのは、長年、藩侯《はんこう》である西園寺家にお仕えされていたのよ。御維新の折に先代、つまり木戸様のお父様が伯爵を叙せられているの。だから木戸様は、碧様に対して臣下の礼を取られていらっしゃるのよ」

「当然です。碧様は、西園寺家の宝。心から、ご尊敬申し上げております」

「それだけかしら。はたから見ると、とてもお似合いの二人ですのに」

白木夫人はくすくす笑いながら、珊瑚のそばへ寄ると、しゃがみ込む。そして、その手を握りしめた。

「怖いお目付け役がいらしたので、邪魔者は退散しますわ。碧様、どうぞ、お大事になさってね。次にお会いするときには、金糸雀《カナリヤ》のような可愛らしい美声で、わたくしたちを慰めてくださいますように」

白木夫人はそう囁くと、珊瑚の頬に自らの頬を寄せる。そして、軽やかに立ち上がると、部屋を出ていった。

夫人が去っていく後ろ姿を見送っていた三人だったが、一番先に我に帰ったのは、意外なことにお美津だった。

「さ、珊瑚様っ、申し訳ございませんでした。あ、あたし、奥様のことを、ぜんぜん存じ上げなくて……っ」

「どうして謝るの。お美津は、なんにも悪くないよ」

「で、でも……っ」

またしても半泣きになるお美津に、斎が訝しげに声をかけた。

「美津、白木夫人が仰っていた子爵家の話とは、なんのことだ？」

「ご、ご主人様、あたし伊藤子爵様のこと、なんにも知らなくて……」

口ごもるのは無理もない。かつての雇い主が自決したのだ。しかも留置所の中で首を吊ったなんて。

若い娘には衝撃が大きい話だ。ましてや、珊瑚の目の前でされていい話ではなかった。

自分がついていながら、こんな迂闊《うかつ》な真似をしてしまうなんて。どう斎に伝えるべきか、お美津が困り果てたそのとき。

「お母さんが首を吊って死んじゃったの、斎は知っていた？」

珊瑚は真っ直ぐに斎を見つめて、単刀直入に訊ねた。

斎は珊瑚に見据えられても、まったく動じない。懐からシガレットケースと燐寸《マッチ》を取り出すと、慣れた手つきで火をつけて吸い込む。そして、大きく吐き出した。

しばらくの間、無言で紫煙《しえん》を見つめた斎に、ふたたび珊瑚は呟いた。

「やっぱり、知っていたんだね」

「木戸家は、伊藤子爵とつきあいがあるから、なにかと話は流れてくる。夫人のことも、聞いていた」

その言葉に珊瑚は顔を俯けて、小さく頷いた。

「……ふぅん」

その珊瑚の様子を見て、どう思ったのか。斎は廊下に待機していた護衛の青年を呼んだ。

「木戸様、いかがされましたか」

「碧様のお加減がよろしくないので、本日は帰る。車を正面玄関に回しておいてくれ」

「かしこまりました」

青年が車の手配のために部屋を出ると、斎は珊瑚の肩を、そっと抱いた。

「では、帰ることにしよう。車に乗れそうか」

「うん、大丈夫。……帰ること、誰にも言わなくていいの？」

「宴《うたげ》はたけなわになっている。我々が消えても、気づかれないだろう」

そう言うと珊瑚の肩を抱いたまま、控えの間をあとにする。正面玄関を出ると、来るときに乗っていた自動車が、待ち受けていた。

斎は運転手がドアを開けてくれた後部座席に珊瑚とお美津を乗せてから、自分も乗り込む。対面式の座席には、珊瑚とお美津が並んで座り、その正面に斎が座った。

気がつけば出発する車に護衛の青年たちは乗らず、お辞儀して見送っている。

「護衛の人たちは乗らないの？」

「彼らは、別の自動車であとから来る。心配しなくていい」

珊瑚は小さく頷くと、窓に額を寄せて瞼を閉じた。俯いた首が、儚《はかな》いばかりに細い。その様子があまりに痛々しくて、お美津はまたしても目を潤ませる。

「美津、なにを泣いているんだ」

お美津の様子に気づいた斎が言うと、それをきっかけのようにして、くしゃくしゃっと泣き出してしまった。

「お、お母様がお亡くなりになるなんて、珊瑚様が可哀想です……っ」

「そうではない。彼女は珊瑚を産んだ事実はあるが、それだけだ」

お美津の声を遮ったのは、斎だ。彼は珊瑚の目を真っ直ぐに見つめた。

「珊瑚を疎み、亡き者にしようとまでした人間だ。それならば、こちらも縁を切っていいだろう。彼女が死んだからといって、珊瑚には関係ない」

その強い声に珊瑚は言葉を返すことができないまま、瞳を瞬《しばたた》かせる。

「人間には、いろいろな関わりがある。それは人知を超えたところで生じ、消滅する。そして、どうしても相容れない関わりもあるんだ。たとえ親兄弟だとしても、交われないまま終わることもある。私の言うことがわかるか」

「斎の言うことは、いつも難しい」

うっすらと微笑んだ、その瞬間。珊瑚の頬に涙が伝った。

「え？　あれ？　あれれ……？」

その涙に戸惑った声が出る。泣くつもりなんかなかったのに、どうして涙が出るのだろう。

あんなに自分を憎んでいた人が死んで、自分は悲しいのだろうか。

悲しい。

この世で誰よりも自分を愛してくれるはずの人に、一度も愛してもらえなかった。いつも憎まれていた。そのことが、とても悲しい。

肌に触れることも抱きしめられることも叶わず、ただ憎悪だけを向けて、珊瑚を鞭で打ち続けていた、あの人。

おかあさん。

前にお母さんって呼んだら、ものすごく怒った顔で鞭打たれた。ごめんなさいって謝ったけど許してくれなくて、何度も何度も鞭打たれた。

おかあさん。

おかあさん。……おかあさん。

そう呼んで甘えたかった。膝に顔を乗せてみたかった。二人で内緒話をして、くすくす笑ってみたかった。

どれも一度として、できなかった。あの人は生涯、我が子を悪魔と呼び、ただ憎んでいた。

斎は黙って珊瑚の様子を見ていたが、向かい合わせのシートに座っていた華奢な身体を、ぐっと引き寄せた。

「え？　あ、あれ……っ」

突然のことで、なにがなんだかわからないまま、珊瑚は斎に抱きしめられて、彼の胸の中に収まっていた。

その乱暴な抱擁に珊瑚は涙を流した顔のまま、きょとんとする。

斎の腕は力強く、抱かれているだけで、心の中の波が静まっていくみたいだ。

そして、斎はなにも言わなかった。慰めの言葉もない。ただ黙って腕の中にいさせてくれた。

その沈黙と静寂が珊瑚にとって、この上ない慰めだった。

珊瑚は斎の胸に顔を埋め、静かに涙を流し続けた。

7

母の死を知ってから数日が経った。珊瑚の生活は、なにも変わらない。

毎日、決められた時間に起床し、斎と一緒に食堂で食事をとり、静かに一日を過ごす。

斎やお美津、それに事情を聞いた宗司も、母を亡くした珊瑚を気にし、心配していた。まだ少年である珊瑚が母親を喪《うしな》ったのだから、心の喪失は大きいだろうと。

皆が心配してくれているのは、珊瑚もわかっていた。だけど淡々と日常を送るしかできなかった。取り乱すことも、泣くこともしなかった。

涙はすべて、斎の腕の中で流した。彼に抱きしめられて慰められて、心の底に溜まった澱《おり》が失せてしまったような気がした。

(なんにもできないぼくに、斎は優しくしてくれた。お美津も宗司も。ぼくにできることは、なにもない。……でも、碧様の身代わりを務めることはできる)

今までも感じていた斎への感謝の心は、これまで以上に大きくなっていた。

(なにもできないけれど、少しでも斎の役に立ちたい)

珊瑚は碧の身代わりも、進んで受けるようになった。

夜会があると言われれば出向き、食事会にも顔を出す。喉が悪い振りは続けたけれど、周囲の人間たちは、誰も不審に思わない。それほどまでに、碧と珊瑚は似ていたからだ。

（ぼくは、お母さんにも嫌われる不良品だったから、誰にも愛されなかったし、必要とされていなかった。でも、斎の役に立つなら身代わりを頑張ろう）

斎のためだけでなく、碧のためにも。

（碧様は、すごく優しくて、いい人。いつも姿勢がよくて綺麗で、斎にはなんでも言うけど、お美津やぼくにはすごく優しい。大好き）

斎への感情とは違うが、碧も珊瑚にとって大事な人だ。その人の命がかかっているのだから、自分ができることはしてあげたい。

（斎の役に立てるなら自分のことは、どうでもいい）

『きみは、幸せになるために生きなさい』

気がつけば、斎のことばかり考えていた。自分でも、ちょっと変だと思う。

（なんで、ぼくは斎のことばっかり考えているんだろう）

生まれて初めての、言いようのない感情。斎のことを思うだけで、胸の鼓動が少し早まる。会って話をすると、それだけで嬉しくなる。

恋なんていう感情は、今まで感じたことも、認識したこともない。理解できない胸のどきどきは不安にさえなる。

それでも。それでもいいから、斎に会いたい。もっと話をしたい。もっと役に立って、喜んでもらいたい。

(だから、頑張ろう。頑張って碧様を護ろう。……必ず)

「珊瑚様、よろしいでしょうか」

部屋で物思いに耽《ふけ》りながら文字の練習をしていると、宗司が入ってくる。珊瑚はその声で作業を止めて振り返った。

「うん、大丈夫。なぁに?」

「お勉強中に申し訳ありません。ドレスの仮縫いに、お針子が参りました。少々お時間をいただけますか」

熟練の執事は珊瑚に対して、つねに慇懃《いんぎん》に接していた。珊瑚が子供っぽい言動をしたり、ちょっと、いや、かなり抜けていたりするところを見ても、まったく意に介さない。大切な主人の客人であると同時に、とても好感を抱ける子だと認識をしているからだろう。

「かりぬい?　おはりこって?」

「お着物と違って、ドレスは身体に沿うように作られます。ですからドレスの下縫いをして、それが珊瑚様のお身体にぴったりかどうか計る、それを仮縫いと申します。お針子は、その仕立てをする者です」

「宗司ってすごい。なんでも知っているんだねぇ」

「執事でございますので、多少は嗜《たしな》んでおります」

「たしなむ？　そっかぁ。執事って、すごいね！」

尊敬の眼差しで見つめられても、宗司は顔色ひとつ変えない。珊瑚はそんな宗司を、ますます頬を赤らめて見つめる。

「あ、でもね宗司」

「なんでございましょう」

「たしなむって、なぁに？」

冷静でありソツのない執事は言葉の意味を丁寧に嚙み砕いて、珊瑚に教えてやった。

それから珊瑚と宗司は二人揃って、お針子たちが待つ応接室へと向かった。だが、階段を使って階下に向かおうとしたとき、突然「きゃあっ！」と女性の声が上がった。

「珊瑚様、ここを動かないでください」

宗司は珊瑚を壁際に引き寄せ待機させると、声がする方向へと走った。向かった先は、碧がいる貴賓室だ。

「碧様っ」

動くなと言われたが、碧の緊急を要する声を、聞き逃すわけにはいかない。それに、叫び声に駆けつけていった、宗司のことも気になる。

珊瑚が宗司のあとを追うと、碧が寝室に使っている貴賓室から大きな物音が聞こえる。

「碧様っ！」

次の間に入ると目に入ったのは、長椅子の上に避難している碧の姿と、なにかを追いかけて、床に這いつくばる二人のメイドの姿だった。

「碧様、大丈夫？　……どうして、長椅子の上に乗っているの？」

「さ、珊瑚。騒いで申し訳ありません。で、でも虫、虫が……っ」

「虫？」

「誰かが碧様へのお届け物に、虫を仕込んだんですっ！」

這いつくばっていたメイドのひとりは、お美津だ。彼女は床を睨みつけるように見つめ、逃げた虫を捜しながら、顔も上げずに珊瑚に答えた。

「碧様がお届け物を開封されたら、中から生きているのも死んでいるのも、とにかく箱いっぱいの虫が出てきたんですっ！　西園寺家の姫君に、なんて無礼なっ！」

それで怯えた碧が、長椅子の上に避難しているのだ。

それも無理のない話で、碧は正真正銘のお姫様である。虫など、縁のない暮らしだったに違いない。

なにより箱いっぱいに詰まった虫とは、えげつないことこの上ない。

「大丈夫。虫は、ぼくが退治してあげるから」

珊瑚はそう言うと、履いていた革のスリッポンを脱ぎ、右手に持った。そして、あちこちの床や壁を叩き始める。

「さ、珊瑚様……っ」

驚いたことに、珊瑚が叩いたあとには、虫の死骸が転がっているのだ。驚くような早業《はやわざ》に、そこにいた宗司やメイド、もちろん碧も呆気《あっけ》にとられていた。

「ぼくね、薄暗い蔵で育ったから、虫がいるところがわかるんだ。目も暗いところに慣れているから、よく見えるし」

話している間にも、パンパンッと小気味のいい音を立てて、虫を退治していく。その手際のよさに、そこにいる全員が言葉もなく、珊瑚の動きを見つめていた。

ひとしきり床を叩き終わると、珊瑚は立ち上がって大きな溜息をついた。

「こんなものかなぁ」

珊瑚がそう言うと、その様子を呆気に取られて見つめていた宗司が我に返る。

「珊瑚様、私は動かないよう、お願いしましたね」

「でも、碧様の声が」

「危険なところへは、私が参ります。珊瑚様は、当家の大事な客人でいらっしゃる。このような場においでになるのは、好ましくありません」

「だって碧様の叫び声がしたし、宗司が行っちゃって、……どうしたらいいか、考えることもできなかった。宗司や碧様に、なにかあったらと思ったら……」

叱《しか》られてしまったせいで、珊瑚はみるみるうちに、しょんぼりしてしまった。

そのとき、珊瑚をきゅっと抱きしめる腕があった。碧だ。

「宗司、珊瑚を叱ってはいけません。珊瑚は、わたくしのために虫を退治してくれたのです」

「碧様……っ」

怒られたことで気落ちしていた珊瑚が、ぱぁっと頬を赤らめた。碧は、きらきらした瞳で珊瑚を見つめてくる。

「ありがとうございました。珊瑚と、一緒に虫を退治してくれたメイドたちのお陰です」

碧の言葉に、宗司も申し訳なさそうに頭を下げた。

「珊瑚様。お叱りして申し訳ありませんでした。私も、御礼申し上げます。そもそもは、執事である私の管理が悪かったため虫などが」

そこまで言った途端、宗司はハッと顔を上げる。

「碧様、大変恐縮でございますが、珊瑚様とご一緒に、お部屋を移っていただきます。今から、お部屋の清掃をしなくてはなりません。美津、使用人どもを呼んで、すぐに寝具と家具を運び出し日に干しなさい。それと、お部屋を徹底的に清掃すること。虫一匹どころか、埃《ほこり》ひとつ許しません。心して清掃なさい」

執事のこの号令に従って、メイドや使用人たちが集められ、あっという間に部屋の中の寝具

から家具までが庭に運び出されてしまった。

東翼の貴賓室から西翼の応接間に通された珊瑚と碧は、二人で顔を見合わせた。あまりにも素早い使用人たちの動きに、ついていけなかったのだ。

二人は顔を見合わせ、ぷっと笑った。

まだ、お互いに十六歳なのだ。突然の緊張と恐怖から開放されて、思わずといったように笑いが零れてしまう。

「碧様、怖かったでしょう」

「い、いいえ。見慣れなかったから驚いただけです。大きな声を出して、ごめんなさい。でも、わたくしは虫が苦手でなく、たくさん箱の中から出てきたから驚いただけで普段は」

大丈夫と言いかけた碧の肩先を見て、珊瑚はフッと息を吹きかける。突然の行動に碧が驚いて目を見開いた。

「え？　珊瑚、どうしたのですか」

「動かないで」

珊瑚は冷静な瞳のまま、ダンッと激しい音を立てて床を踏みつける。

「きゃっ！」

珊瑚が足を持ち上げると、そこには無残に潰《つぶ》れた虫の死骸があった。碧の顔色が、みるみるうちに真っ青になる。

「危なかった。あの虫、刺すと痛くて痒いの。どこも痛くしていない？」

「ひ……っ」

「大丈夫。もう死んだ。どこも痛くない？」

「え、ええ、大丈夫、だ……」

そう言ったかと思うと、碧はふらつき倒れそうになった。珊瑚が慌てて身体を支えようとした。だが、圧倒的に珊瑚のほうが華奢すぎた。

二人で抱き合ったまま、ずるずると床に倒れ込みそうになった、そのとき。

大きな手が珊瑚と碧を支えてくれる。その安定感に珊瑚が驚いて顔を上げると、二人を支えていたのは、出かけたはずの斎だった。

「姫。しっかりなさってください。もう安心ですから」

斎はそう囁くと、碧の身体を軽々と抱き上げ、宗司を呼ぶ。

「宗司、宗司はいないか」

「はい、ただいま……、碧様、どうなさいましたか」

「貧血のようだ。珊瑚、なにがあった？」

「今、碧様の肩に大きな虫がいたから、息で吹き飛ばして踏んづけた。碧様は毒虫に触っていないから、大丈夫」

端的に状況を説明すると、斎の眉間に皺がどんどん寄せられる。

「毒虫だと。見間違いではないのか。東京市でも一等地に建つこの家に毒虫など」

「これは毒蛾《どくが》の幼虫ですね」

そばに立っていた宗司が潰れた虫の死骸を見て、冷静な声で言った。毒蛾なんて名前を、珊瑚は初めて聞く。ただ、刺されると痛いし腫れ上がるし、身体中に湿疹が出て、痒さに眠れないほど苦しむことは知っていた。

「刺されたら肌が腫れ上がり、大変なことになるところでした。珊瑚様、よく気がつかれましたね」

「うん。ぼく何回も、コイツに刺されたことがあるの。刺されると腫れて、すごく痒くなるから、碧様が刺されなくて本当によかった」

斎はなにも言わなかった。黙ったまま、碧と一緒に部屋を出ていってしまった。

宗司が慌てて斎のあとを追いかけ、部屋を退出した。珊瑚がどうしたのかと扉に近づくと、その向こうで二人の話し声が聞こえてくる。

「空いている客間を用意しなさい。姫を寝かせて差し上げなくては」

「それでは、二階の客間はいかがでしょう。あのお部屋でしたら、碧様がお使いの貴賓室から離れておりますし、爽やかな風が入ります」

「二階の客間か。あそこはいいな。では、碧姫をお連れしよう。……しかし、珊瑚には困ったものだ。姫の目の前で虫を踏み潰すとは」

「珊瑚様は毒蛾の幼虫を発見して、咄嗟《とっさ》の行動に出られたのでしょう。先ほども申し上げましたが、あの虫は本当に厄介です。刺されて一晩、寝込んだ人間もいるぐらいですから」

「虫を退治したのは、よくやった。だが、姫の貧血は、この一件が大きな要因だろう。相手は西園寺家のご令嬢だ。やんごとない令嬢に今回の騒動は、いったい」

「申し訳ございません。碧様へのお届け者は、すべて私がご確認させていただいておりました。ですが新入りのメイドが、うっかり碧様にお届けしてしまい」

「新入りのメイドとは、美津か」

「私の監督不行き届きでございます。お詫びのしようもございません」

斎の言葉に宗司は頭を深く下げた。騒動の発端は、お美津だった。

事情を聞いていた珊瑚は、背筋が寒くなると同時に、その、お美津の怒りが蘇る。

『西園寺家の姫君に、なんて無礼なっ！』

お美津の怒りの矛先は、虫そのものよりも大切な客人である西園寺家の姫に、このような暴挙を起こした人間に対して向けられていた。

大切な碧様に、こんな真似をするなんて。

でも、斎が怒っているのは虫を送りつけた犯人でなく、むしろ虫を碧の目の前で踏みつけた珊瑚に対してだ。

いつの間にか扉に耳をくっつけ、はしたなくも立ち聞きしていた珊瑚は項垂《うなだ》れていた。

扉の向こうでは、斎と宗司が碧を寝かせるため、足早に去っていく。その足音を聞きながら、なにかが頬を伝っているのに気がつき、手の甲で拭う。

手の甲を濡らすものを見つめて、珊瑚は不思議そうに首を傾げる。

これは、なんだろう。

そう考えてから、涙だと他人事のように気がつく。

そうだ、母の訃報を聞いたときにも流した、あの涙だ。でも、なぜ今、泣くのだろう。だって、今は悲しいことなんかない。

「ぼくは、悲しくなんかない、よ……」

綺麗なお屋敷で、おいしいものをお腹いっぱい食べさせてもらって、お美津も宗司も優しくて、ふかふかの、いい香りがするお布団で眠ることができる。

お日様の光に、いくらでも当たることができる。爽やかな風を感じることができる。

それに、理由もなく叩かれることも、凶器のような言葉で罵られることもない。

なにより、この屋敷にいれば、斎に逢《あ》える。毎日、逢える。

すごくすごく、すごく幸せ。

それなのに、どうして涙が出てくるのだろう。

「う、……う……っ、う」

涙があとからあとから溢《あふ》れ出して、もう立っていることもできなかった。

珊瑚はとうとう床に座り込んだが、俯いていると涙が溢れて息ができない。とうとう苦しくなって顎を上げる。

だけど、涙が止まることなく、溢れた雫《しずく》は頬を濡らし顎を伝い、与えられた上等のシャツを濡らしていく。

(斎、斎、斎。……ぼくを嫌わないで……っ)

誰よりも大切で尊い碧を、不快にさせた。こんな自分は、斎に嫌われてしまう。

虫一匹のことで、どうしてこんな思いを、しなくてはならないのか。

どうして、こんなに痛くて苦しくて、切ない思いをしてしまうのか。

身も心も未成熟な珊瑚には、理由がわからない。わからないから、余計に苦しい。

(嫌われたくない。斎に嫌われたら、……生きていけない)

自分の命は、あの火事で消えたはず。今、生き延びているのは、斎が助けてくれたから。だから、この命は斎に捧げてもいい。

(そうだ。もっと碧様の身代わりをしよう。危ないことは、ぼくがしよう。そうだ、そうしたら斎は、ぼくのことを見直してくれるかもしれない。嫌わないかもしれない)

たった一匹の虫が、珊瑚の決意を固めた。

前から斎の役に立ちたいと願ってきたけれど、今度の願いは渇欲《かつよく》と言っていい。

なにがあっても、斎に嫌われたくなかったからだ。

珊瑚にとって斎は、すべてであると言って過言はなかった。

□□□

「珊瑚様、なんてお似合いなんでしょう！」

お美津の華やいだ声が、部屋の中に響く。先日の大騒ぎのあと、珊瑚のドレスは仮縫いを終了し、今日は試着の日だった。

華やかな薄桃色のドレスは、最高級の絹を使ったものだ。床まである長い丈でも、絹はまったく重みを感じさせない。なにより、すばらしい手触りだ。

ぴったりに縫製されたドレスは、身体の線を浮き立たせる。

元々は碧のために作られたドレスだが、しばらく不調が続き着ることが叶わない。

それに皇室とも関わり深い久邇《くに》公爵家から夜会の招待状が舞い込んでいるので、出席を余儀なくされていた。そのため急遽、珊瑚の寸法で作り直された。

細い身体をさらに際立たせるデザインだったが、首元には艶やかな真珠の首飾りが幾重にも巻かれていて、胸元や喉は、これで隠せる。

「すごいねぇ。こんなにつるつるした布なんて、初めて触った」

「この薄桃色の絹は、珊瑚様のお肌にとてもお似合いです。こんなお色、あたしなんかじゃ、絶対に着こなせません」

　屈託なくしゃべりながら、珊瑚の髪を結っていたお美津は、どこか顔色が優れない。

「お美津は暗い顔」

　単刀直入な珊瑚の言葉に、お美津はパッと顔を赤らめた。

「え？　や、やだっ。あたし暗い顔をしていましたかっ」

「暗くて、思いつめた顔。どうかしたの？」

　珊瑚が鏡台に映るお美津を見つめると、無表情だった彼女が、ぽろっと涙を零した。

「お美津？」

「ごめんなさ、……あ、あたし、泣くつもりなんか、なかったのに……っ」

　珊瑚は椅子から立ち上がり、お美津を抱きしめた。すると、すぐに身体を引き離される。

「だ、駄目ですっ！　ドレスが汚れますっ！」

「洋服より、お美津のことが心配だよ。どうして泣いちゃったの？」

　珊瑚がそう言ってお美津の顔を覗き込む。すると、彼女はまたしても涙を浮かべた。

「あ、あの、先日の碧様に届いた虫のことで、ずっと考えていて……っ」

「あの虫が、どうしたの？」

　珊瑚は自分が事の経緯を知っているのを秘めて、あえて確認してみる。すると、今度こそお美津は泣き顔を隠さずに、話し始めた。

「碧様へのお届け物は、すべて執事の宗司さんが中身を確認してから、碧様にお渡しする決まりでした。もちろん、あたしも承知していたんです。でも、あの日はご主人様が朝からお出かけになるので慌ただしくて、うっかりしていました」

他にも碧に宛てた手紙や届け物があって、そちらは中身が検《あらた》めてあった。だが、検分の済んだ箱と、これから内容を確認する箱が並んでいたから、お美津は検分の済んだ届け物の上に、例の箱を置いてしまった。そして、なにも知らないメイドの手によって、その箱は碧の手元に行き着いてしまったわけだ。

「……そうだったの」

「碧様に怖い思いをさせてしまっただけじゃなく、屋敷の皆さんにもご迷惑をかけてしまいました。せ、責任を取って、このお仕事を辞めるのは仕方がないです。でも、あたしは珊瑚様とお別れするのが、つらいです」

「ぼくとお別れ？」

「座敷牢にいらしたときから、珊瑚様のことが気になって仕方がありませんでした。へ、変な気持ちじゃないです。珊瑚様はお食事を貰えただろうかとか、奥様に叩かれていないだろうか、寒い思いはされていないだろうかって。今はもちろん、そんな心配いらないけど、でも今回の責任を取って辞めるにしても、やっぱり気になると思います……っ」

「責任を取れだなんて、そんなことを誰が言ったの。宗司？　それとも斎？　まさか碧様は、そんなこと言わないよね」

「宗司さんもご主人様も、もちろん碧様も、辞めろなんて仰いません。だ、だからつらいです。あたしのことを責めず、いつもどおり接してくださって……っ」

とうとう大声を上げて泣き出すお美津を、珊瑚は抱きかかえようとした。だが、その手は、またしてもお美津に振り払われてしまう。

「触っちゃ駄目ですっ、あたしの涙で汚していいドレスじゃありませんっ！　メイドの給金の、何十倍もする、高価なドレスです。給金どころか、あ、あたしより高いドレスかもしれない……っ」

「ばかっ！」

厳しく響く声で叱られて、お美津がビクッと肩を竦める。珊瑚は生まれて初めて、人を怒ったけれど、戸惑いはなかった。

「どれぐらい高価なものでも、お美津より高いわけがないっ！　そんな莫迦なこと、二度と言っちゃ駄目だっ」

お美津は両目から涙をぼたぼた流しながら、とうとう床に突っ伏してしまった。絶対に珊瑚のドレスを汚すまいという、あっぱれなメイド魂だ。

蹲って泣いているお美津の背中を、珊瑚は優しく叩いた。

「大丈夫。お美津は辞めさせない。ずっとこのうちで、元気に働いていくんだよ」

そう話しながら、ぽんぽんと背中を叩いていると、それだけで気持ちが落ち着くのか、お美津の泣き声が静まってくる。

「お美津のことは、ぼくが護ってあげる。だから、もう泣かないで。お美津が泣いたら、ぼく、悲しいよ」

ドレスの試着のはずだったのに、すっかり時間が経ち過ぎてしまった。そのせいで、宗司が気遣うように扉を叩いてくる。

「失礼いたします。ご試着はいかがですか。なにか不都合がおありでしたか?」

その声に返事をしたのは珊瑚だ。パッと立ち上がり、「涙を拭いて」とお美津に囁く。

「ごめんなさい。ちょっと着方がわからなくて」

乱れた服を、ささっと直して髪も整えてから扉を開けた。そこにいるのは、宗司だけだと思った。だが、

「これはこれは」

目の前に立っていたのは、宗司ではない。

「斎……」

「すごいな。生粋《きっすい》の令嬢に見える。ここまで碧様に似ていると、畏れ多い気持ちになってくるから不思議だ」

斎はお世辞でなく、本気で言っているらしい。その証拠に、視線は珊瑚から離れない。むし

ろ凝視され過ぎて、珊瑚は居心地が悪くなるほどだった。

「おそれおおい？　って、なに？」

「また始まったか。身分が高い方に対して、失礼という意味だ」

「斎の言うことは、いつも変だ。ぼくの身分が高いわけない」

「比喩《ひゆ》だ。気にしなくていい。それより、美津は泣いていたのか？」

取り繕《つくろ》ったが、やはり泣いていたことを見透かされてしまった。お美津は一生懸命、かぶりを振る。

「いえっ、泣いていませんっ！　珊瑚様に白粉をつけようとしたら、くしゃみが出そうになって、それを誤魔化そうとしてっ」

無茶苦茶な言い訳をまくし立てるお美津を庇うように、珊瑚が一歩前に出る。

「お美津は泣いていた。虫の入った届け物を間違えて碧様に渡してしまった。碧様に申し訳ない、お屋敷の皆にも迷惑をかけたって」

珊瑚の背後で、お美津の慌てている気配がする。それを無視して斎を見つめると、彼は眉根を寄せた表情を浮かべていた。

「責任を取って、お屋敷を辞めるのは仕方ない。けれど、あたし辞めたくないんですって。斎、お美津は辞めさせられるの？」

「美津を辞めさせるというのは、初耳だ」

「碧様のお届け物を、宗司に確認してもらう前に、碧様に渡してしまったと言って泣いた。でも、それって仕事を辞めなくちゃいけないぐらい、悪いこと？」

「いいや。誰にでもある過失だ。今回は、たまたま西園寺家の親類が、嫌がらせをしたのとかち合ってしまい、運が悪かった。だが、それだけで仕事を辞めさせる理由にはならない。そうだろう、宗司」

斎は背後にいる宗司に問いかけると、「もちろんでございます」と答えが返ってくる。

「今後、いっそうの周知徹底を行いますが、今回の事例でメイドの馘は切りません」

そのひと言を聞いた途端、お美津はまたしても床に座り込んでしまった。珊瑚が慌てて部屋の中に戻り、お美津の肩を抱く。

「お美津、よかったね。クビじゃないって。ね、もう泣かないで」

「い、いえ……、まだ泣いておりません。気が抜けてしまって、立てなくなりました」

この答えに珊瑚と宗司は思わず顔を見合わせ、笑ってしまった。しかし、斎だけは表情を変えていなかった。ただ、きつい眼差しで珊瑚とお美津を見つめている。

「宗司、ちょっと珊瑚と話がある。席を外してくれるか」

「かしこまりました。では、お美津も来なさい」

「は、はいっ。お騒がせいたしました。失礼します」

宗司に腕を引かれながら退出するお美津が、妙に可愛い。

「お美津って、可愛いなぁ。ね、斎もそう思わな……」

二人の後ろ姿を見守っていた珊瑚が斎に話しかけようとしたが、彼は無表情のままだ。その反応に首を傾げた。

「斎？　もしかして、怒っているの」

「なぜ、そう思う」

「斎は怒ると、顔の表情がなくなるから。普段も眉と眉の間に皺が寄っているけど、それとも違う。すごく冷たい感じになるんだよ」

「……大した観察眼だ」

どこか皮肉を込めた眼差しで珊瑚を見たあと、斎は大きな溜息をつく。その吐息を聞くと、珊瑚は気持ちが落ち着かなくなる。

（どうしたんだろう。なにか、変なことを言ったのかな）

斎の反応が気にはなるが、ちゃんと話をしなくてはならないと、斎を見た。

「さっき、お美津のこと許してくれて、ありがとう」

「許すも許さないもない。あれは手落ちというより、うっかりしただけだ」

「斎が優しいことを言ってくれたから、お美津は嬉しかったんだよ。あの子、斎も宗司も辞めろと言ってないのに、ずっと責任を感じて、すごく心配してた」

「……そうか。いらぬ心配をして、気を揉《も》んでいたのか。可哀想なことをしたな」

「でも、泣きやんだのは斎のお陰。ぼくからも、ありがと」

礼を言っても、斎は生返事をするばかりだ。そうなると、却《かえ》って気になってくる。

(なにか、怒っているのかな。どうして、なにも話をしてくれないんだろう)

不安になっていると、斎のほうから口火が切られた。

「きみは美津と仲がいいな」

「え？　う、うん。仲いいよ。ぼくが蔵にいたときから、お美津は優しかったもん。お母さんに鞭で打たれたときも薬を塗ってくれたし」

「それは前にも聞いた。私が言っているのは、美津に対する感情が、男女のものかと」

「あとはね、ごはんを抜かれたとき、そっと持ってきてくれたこともあったの」

「……もういい。要するに美津は、いつも珊瑚を気遣ってくれたんだな」

「うん。お美津、大好き。優しいもん」

「それも、もう聞いた」

(やっぱり怒っている)

ちょっと苛立ちを含んだ声に身が竦む。大好きな斎が、どうして怒っているのか。それがわからないから、不安になる。

うるさがらないで。イヤにならないで。――――嫌わないで。

恋愛というより、大好きな母親に邪険にされて怯える、子供のような眼差し。そんな瞳で斎を見つめていることに、珊瑚は気づいていなかった。

「悲しい目だな」

不意にそう言われて、珊瑚は顔を上げて斎を見つめた。

「悲しいって、ぼくが？」

「物言いたげな、憂いを帯びた瞳だ」

「うれい？」

「きみの以前の名前と同じ字だ。憂と書いて憂う。思いどおりにならなくて、つらい、悲しい、切ないという意味を持つ」

「ぼくの名前って、本当に変な字だったんだね」

以前の名を思い出して、なんとも言えない気持ちになる。

嫌な気持ちと、物悲しい気持ちの両方だ。我が子にそんな名前をつけるなんて、母親は本当に珊瑚を疎んでいたのだと思い知らされる。

「でも、今は珊瑚って名前があるもん。ぼく、この名前だいすき」

「珊瑚と呼ばれるのは、好きか」

「うん。こんな綺麗な石と同じ名前だなんて、すごく嬉しい」

そう言いながら、斎からもらった首飾りをそっと押さえた。実際はドレスの下に隠れていたので、服の上から押さえたに過ぎないが。

珊瑚。綺麗な赤い石。しっとりした鮮やかな海の宝珠。本来は装飾品というだけでなく、魔除けの意味があるらしい。この石は、本当に自分を護ってくれるみたいだ。

肉体というよりも、珊瑚の気持ちを護ってくれている。いつか斎が言っていた、矜持というものか。

子供っぽい感想を抱きながら、そろそろドレスを脱ぎたいと思った。お美津があれだけ汚すまいと頑張った服だし、なにより締めつけが苦しい。

「斎。これ、もう脱いでもいい？　汚しちゃいそうで怖いよ」

そう言ってみたが、ひとりでドレスは脱げない。また、お美津を呼ばなくては。

珊瑚は使用人を呼ぶための呼び鈴を鳴らそうと、座っていた椅子から立ち上がろうとする。だが斎は「いや」と呟いた。

「ドレスは、そのままでいい」

「え？」

きょとんとして斎を見ると、彼は先ほどと同じ表情のない顔をしている。だけど、その眼差しは、なにか物言いたげだ。

(これが、憂えている目っていうのかな。……憂いって、悲しい意味だよね)

「斎は悲しいの？」

この突然の質問に斎は目を見開いたが、次の瞬間には、ぷっと吹き出した。

「藪から棒だな。急になんだ？　さっきは怒っているのと訊いて、今度は悲しいのと訊く。きみは情緒不安定だな」

「じょう、ちょ？」

斎は苦笑を浮かべたが質問には答えず、珊瑚の腕を引き寄せる。

「先ほどの話に戻そう。きみは美津のことが、どれだけ心配だった？」

斎が言う先ほどの話とは、お美津の手落ちの件らしい。いきなり話題が変わったので、珊瑚は首を傾げた。

「どれほど心配だったって……。だって、あんなに泣いていたんだもの。心配になるよ」

「そうか。きみは美津だけでなく、碧様とも仲がいいな」

またしても突然の話題転換。くるくる変わる話の内容に、ついていけない。

「どうして碧様の話になるの？」

「訊きたいからだ。虫を退治したときも、きみたちは抱き合っていた」

そう言われて、珊瑚は首を傾げた。あのとき確かに碧が珊瑚を抱きしめた。

「あれは虫が恐かったから、抱きついただけでしょう？」

そう言うと斎は能面のような表情のまま、珊瑚を見下ろした。

「先ほど美津は、きみを見つめて頬を赤らめていた。あの表情は、まさに恋をする乙女《おとめ》だろう。相手は、もちろん珊瑚だ」

「こいってなに？」

珊瑚の質問に、斎は困ったように眉根を寄せる。

「恋というのは、特定の相手に心をときめかせ、強く惹かれることを言う。愛することとは、似ているが違う」

「こいと、あい。それって違うの？」

「そう。恋は相手に求めることだが、愛は相手に与えることだ」

斎はそう言うと、珊瑚の手を握りしめる。その途端、珊瑚の鼓動が強く跳ねた。

「あの、斎……」

「伊藤家の火事で、私が蔵に入ったとき」

またしても話題が変わる。だが火事と言われた瞬間、記憶が一気に蘇った。

あの灼熱《しゃくねつ》の空間。崩れ落ちる壁や天井。皮膚が焼けていく痛み。喉が詰まり息をすることができない苦しみ。じりじりと火に焼かれ煙に追いつめられ、自分が焼かれて死んでいくのがわかる。あの呪われた空間。出逢うはずがなかった斎と珊瑚が、運命の力に引きずられるみたいにして出逢った、紅蓮《ぐれん》の猛火。

「子供がいると聞いて、中に入った。狭い蔵の中は崩れた壁や崩れ落ちた天井で、歩くことも難しかった。座敷牢に閉じ込められている子供は、もう死んでいてもおかしくない。でも、万が一、と思って突き進んだ。子供は生きていた」

あのとき、斎は慌てていなかったように見えた。でも、慌てないわけがないのだ。灼熱の炎の中、自分の命だって危ういのに。

斎は珊瑚の頬にそっと手を寄せた。その掌には、まだ火傷の痕が残っている。

「生きているのは、奇跡だと思った。抱き上げたとき、あまりに軽いので拍子抜けしたぐらいだ。その子は火に怯えていたが、担ぎ上げると私の背に、しがみついた。本当に力弱い手だったが、生きる意志が見えた」

囁くその声は、酷く甘い。心の奥底を蕩かす、毒に似た甘さだ。

吐息がかかるほど近くにいるのは、身悶《みもだ》えするほど愛おしい人。

「斎、あの……」

彼の腕に飛び込みたい。そう思った瞬間。

「きみを抱擁したい」

耳元で囁かれて、珊瑚の身体が溶けそうになる。

「……ほうよう、ってなに？」

お得意の、なぜなにが出ても、いつもの斎ならば淡々と答えてやったろう。だが今日は、やれやれといった顔をしない。

その代わり、吸い込まれそうな美しい瞳で珊瑚を見つめた。

「抱擁とは、愛している者を抱きしめたいという意味だ」

「あい、してるものを、抱きしめる……」

「どうして抱きしめるか。抱きしめて、めちゃくちゃになるまで腕の中に閉じ込めて、接吻《せっぷん》し、それ以上に愛を確認し合う。それが抱擁だ」

「あいは確認し合うものなの？　どうして？」

斎の目が眇められる。その瞳は大切なものを、どうやって食べてやろうか算段している狼《おおかみ》のようでもあった。

「愛しいから。……それに不安だからだ」

耳を疑うことを言われて言葉をなくした珊瑚は、ぐっと腕を摑まれて引き寄せられた。そして次の瞬間、大きな胸に抱きしめられる。

「斎……？」

慌てた珊瑚の声など耳に入らないように、斎は強引といっていい力強さで、手を放してはくれなかった。

（斎はどうして、こんなふうに抱っこしてくるのかな）

理由がわからなくて、少し不安になる。でも、抱きしめられているのは、すごく気持ちがいいと思った。

（あったかいなぁ……）

そんなことをぼんやり思っていると、斎は指先で珊瑚の顎を持ち上げる。そして、なんの躊

躊いもなく、唇を合わせた。

「ん、んぅ……っ」

生まれて初めてのくちづけは、強引で、わけがわからない。

それでも、抱きしめられて唇を奪われるのは、とても気持ちがいい。

(唇、煙草の味がする……、これ、きっと斎が吸っている葉巻の味だ)

煙草など吸ったこともないのに、直感的にそう思った。慣れない唇の感触と、苦い味。おいしいものじゃないけれど、なんだか、とても愛おしい。

そう思った途端、斎が身体を引き離した。そして、濡れた珊瑚の唇を指先で拭う。

「悪かった」

「え?」

潤んだ瞳で見上げると、斎は眉を顰めたいつもの顔で珊瑚を見て、そのまま部屋を出ていってしまった。

「い、斎……っ」

ひとり取り残された珊瑚は、呆然として斎の立ち去った扉を見つめた。

8

いったい、なにが起こったのだろう。

震える指で、自分の唇に触れてみる。それはまだ、濡れていた。

自分の唾液《だえき》か、それとも斎のものか。

判別のつかない津液《しんえき》に触れながら、目を閉じる。

どうして斎が突然、自分にくちづけをしたのか。どうして、『すまない』って言葉が出たのだろうか。

(もしかして、斎は碧様のことが好きなのかな)

唐突に、そんな考えが過る。

碧が着るはずだったドレス。身につけるはずだった真珠の首飾り。それらを身に纏《まと》い、碧により似るように化粧をしていた。

彼が自分にくちづけした理由は、碧とそっくりな顔をしているから。

珊瑚は、ぷるぷるっと頭を横に振った。

(斎が碧様を好きだったから、同じ格好をしたぼくに、くちづけしたのかもしれない)

なにをするにも、斎は碧を優先する。丁寧な対応して、優しくして、穏やかな言葉遣いでしゃべる。珊瑚に話しかける、何十倍も優しい声で。

(……斎が碧様を大事にしていることなんて、わかりきっているのに)

木戸家に来て、ずっと大切に扱われてきた。だから間違った。思い違いをしていた。

(ぼくは、なにか大切なことを間違えていたんだ)

自分が幸福な人間だと、思い違いをしてしまった。碧の身代わりをしていたから、自分が碧になったような気持ちになっていたのかもしれない。

本当の珊瑚は、薄暗い蔵の中で育った。憂えるなんて名前をつけられ、暗がりの隅に追いやられていた、いらない子供だった。

西園寺公爵令嬢の碧とは、身分が違う。碧は色々なものを持っているし、できることは、たくさんある。でも、自分はなにひとつ持っていない。なにもできない。

母親は自分を毒虫と罵った。おまえさえ死ねばいいのにと泣き叫んだ。

それが珊瑚という人間だ。今は綺麗な服を着て、碧の真似をしているから、珊瑚自身が誤解してしまった。

(いい気になっていた。ぼくは生まれてからずっと、いらない子だったのに、どうして斎に愛されるなんて勘違いをしたのだろう)

あの猛火の中、身を挺《てい》して助けに来てくれたから。木戸の屋敷に住まわせてくれたから。お医者さんを呼んで、傷を治してくれたから。勉強をさせてくれたから。抱きしめてくれたから。……赤い珊瑚を、首にかけてくれたから。

だから斎に大事にされていると、勘違いした。自分なんかが愛されていると、誤解してしまった。珊瑚なんか、誰にも愛されるはずがないのに。

(その証拠に、お母さんはぼくを燃やそうとした。ぼくを閉じ込めていた蔵と一緒に)

『憂えるって、どういう意味？』

いつか斎に訊いた、名の漢字の意味。あのとき斎は、『悲しい』と教えてくれた。

(じゃあ、ぼくの気持ちは今、憂えているのかな。憂えるって、なんだかすごく悲しいことだ。……とても苦しいことなんだ)

珊瑚の唇から、溜息とも吐息ともつかない息衝《いきづ》きが洩れる。

大好きな人に求められていない。この悲しみ。これは、やりきれない、という言葉が似合いなのだろう。

自分の誕生を微塵《みじん》も望んでいなかった母親がつけた、嘆きに満ちた名前。

珊瑚はようやく、酷い名前をつけられていたのだと気づく。そして、もっといい名前にしようと言ってくれた、斎の優しい気持ちも理解できた。

考えていると、気持ちが暗くなる。珊瑚は自分の両頬を掌でパンッと叩いた。

「今、やらなくちゃいけないのは、ドレスを脱ぐこと。その次に、碧様の身代わりを、ちゃんとすること」

自分に言い聞かせるように呟くと、珊瑚は今度こそ部屋の呼び鈴を鳴らす。お美津に頼んで、この厄介な薄衣を脱がしてもらわなくては。

だが呼び鈴を鳴らしても、お美津が来てくれる様子がない。聞こえなかったのだろうかと部屋を出て、階下へ行くことにする。誰かしら使用人がいるはずだから、お美津を呼んでもらえばいい。

そう思って廊下を歩き、客間の前を通ろうとすると、扉が開いていた。こんなことは、めずらしい。

何気なしに中を覗いてみると、そこから話し声がする。

「貴賓室の清掃が終了したのなら、別に部屋を移らなくてもいいのに。わたくしは、この部屋でいいです。とても気に入りました」

「このような手狭な部屋に、碧様を寝泊まりさせるわけには参りません。お支度は必要ありません。あとでメイドたちに片付けさせますから」

「斎は本当に過保護だ。わたくしは、もうちょっと自由にしたい」

「本家にお帰りになられたら、お好きなだけ自由にお過ごしください」

斎はそう言うと、手を差し出した。碧も拒むことなく、優雅に斎の手を取る。

その瞬間、足元のなにかに躓《つまず》いたように、碧の身体がグラッと揺らいだ。

「あっ」

転びそうになる寸前に斎の手が伸びて、碧の身体を支える。

「大丈夫ですか」

「ありがとうございます。足になにかが引っかかったみたいです」

斎の腕に縋《すが》るようにしていた碧が顔を上げる。二人は顔を見合わせて笑った。どちらも品のいい人物だし見目もいい。なにより、物腰が優雅だ。

その様子に思わず見蕩《みと》れていた珊瑚は、廊下に向かって二人が歩き出していることに気づき我に戻った。慌てて、廊下の窓に下げられたカーテンの陰に身を隠す。

幸い、二人は窓とは逆方向の階段を使って、三階に上がっていった。

その後ろ姿を見送りながら、斎の優美な立ち居振る舞いを見て、また悲しくなる。

斎と碧の優雅な姿とは対照的な、自分の惨めな姿。

(ぼくって、なんにもないなぁ)

こんなふうに隠れていると、自分が蔵の中で蠢《うごめ》いていた、汚い虫のように思えてくる。

以前、碧の目の前で踏み潰した汚い虫を思い出して悲しくなった。

碧とそっくりな顔をしていても、なにも持っていない。もちろん、お金もない。斎みたいに大きなお屋敷もないし、両親も既に亡い。伊藤子爵とは血の繋がりはなく、疎まれているのは誰よりも知っている。

またしても、やりきれない気持ちになってしまった。どうして自分は、なにもかもが駄目なのだろう。

（お母さんが言っていた毒虫って、当たっている）

碧の部屋で踏み潰した、あの醜い虫がふたたび脳裏を過る。自分は、あの虫と同じか、それ以下かもしれない。

蠢く醜怪《しゅうかい》な虫。人を不愉快にしかしない、汚い虫。

『おまえは、私を不幸にするために生まれてきたんだっ！』

そう言って珊瑚を鞭打つ母の声が、どうしても頭の中をぐるぐる廻る。死ねと何度も叫ばれて、珊瑚の心がずたずたに切り裂かれたときを思い出す。

そこまで考えて、自分の頬を両手で包む。

「どうして、こんなことばっかり考えるのかな……」

なにか楽しいことを思い出そう。なんでもいい。面白かったこと。嬉しかったことを。

しばらく難しい顔で考え込んでいたが、突然、胸元の赤い珊瑚を思い出し、そっと指先で触れてみる。

真っ赤な珊瑚は、触れると勇気をくれるみたいだった。

『悲しいことがあったら、この珊瑚を見なさい。赤い珊瑚は魔除けと言われていて、邪なものを退ける石だ』

斎の言葉が蘇るだけで、揺るぎない強さをくれる。以前も思ったけれど、とろりと赤い珊瑚は、まるで血のようだ。

重い織物のカーテンの陰から出ると、大きな溜息が出た。それから、ふたたび二人が去っていった階段を見上げる。

自分は、自分でしかない。

どんなに過去がつらいものであっても、それは棄て去ることはできないし、他人を羨《うらや》んでも、誰か他の人間になることもできない。

どんなに愛しい人がいても、愛されないかもしれない。でも、それは仕方がない。

（人の心って、思いどおりにならないんだなぁ）

大好きな人の心は、他のところにある。大切なお姫様。なんでも持っているのに、ひとつも偉ぶらない、清くて優しい人。

それでもいい。斎のそばにいられるだけ、自分は幸せ。斎の役に立てればいいのだ。

あの薄暗い蔵の中で、いいや、あの業火の中で死んでいたはずの自分が、多くを望んではいけない。どんなに悲しくても、真っ直ぐ前を見ていなくてはならない。

そう考えられる自分が、不思議だ。蔵の中で生きていたときは、真っ直ぐに生きようなんて、考えたこともなかった。ただ、息をしているだけの生き物だった。

斎がいたから。

斎が自分を救ってくれたから、自分を大切にしてくれたから、だから虫のように惨めに生きてきた憂は珊瑚という美しい名前を貰って、人間になれた。

斎。

だいすき。

ふっと心を過るのは、自分のものにはならない愛おしい人への、万感の想いだった。

□□□

「西園寺碧様、木戸斎君。お待ちしていました。ようこそ我が、久邇家の夜会へおいでくださいました」

慇懃で穏やかな久邇家当主とその奥方は、にこやかに碧に扮した珊瑚を迎え入れた。

「久邇様、本日は私までご招待くださいまして、ありがとうございます。奥様も、ご機嫌麗《うるわ》しゅうございます」

そう挨拶し、奥方の手の甲に軽くくちづけるのは斎だ。彼も正装の燕尾服《えんびふく》に身を包んでいる。

その姿は水際立った美男子ぶりだった。

先日でき上がったドレスに、美しい真珠の首飾りをつけた珊瑚の姿は、紳士淑女たちの視線を奪った。

「碧様は相変わらずお美しい。清らかな花に宿る妖精のよう」

奥方の手放しの賞賛に、珊瑚は答えることもできずに俯いてしまった。

「申し訳ございません。碧様は先日から、喉の調子を悪くなさっています。医師によると心配はないが、しばらくの間は会話をしないように言われておりまして」

この話を奥方は真に受けてしまい、気の毒そうに眉根を寄せた。

「碧様のお声を聞くことができないなんて、がっかりですわ。一日も早いご回復を、わたくしもお祈りいたしておりますわね」

その励ましに答えようがなくて、無言のまま頷いて笑顔を浮かべる。

「さぁ、どうぞ今夜はお楽しみになってくださいましね」

通された広間の中は、笑いさざめく紳士淑女たちでざわめいていた。

斎と珊瑚が入ると、談笑していた夫人が、「まぁ、西園寺様がいらしたわ」と囁くと、それが合図のように周囲の視線が集まった。

「碧様、お加減はもうよろしいのですか？」

「お久しぶりです、西園寺様。今夜も花のようにお美しい」

数人の客人が、にこやかに微笑みながら近づいてきた。珊瑚にはわからないが、碧とは旧知の友人なのだろう。

話すことはできないので、とりあえず笑ってみせる。と、そこにいた数人の男が、眩しいものを見たように目を細めた。

「碧様がいらっしゃらない社交界は、灯火が消えたようでした。でも、これからはまた、美しい燈明で照らされるのですね」

そう言いながら、ひとりの青年が前に歩み出る。珊瑚が目を瞬かせていると、隣に立っていた斎が「伊澤《いざわ》」と声をかけた。

「やぁ。斎。きみが社交の場にお出ましとは、めずらしい。しかも、こんな麗人をエスコートするなんて、まったく心外だ。そういう役目は、私に回してくれたまえ」

冗談とも本気ともつかないことを言う長身の青年は、にっこり微笑みながら珊瑚に挨拶をしてくる。

「碧様。ご紹介いたします。こちらは、伊澤顕継《あきつぐ》子爵。私の幼年時代からの悪友です」

撫でつけた黒髪と上等な生地を用いた燕尾服が、とても似合う。立っているだけで、青年の気品と出自のよさが見て取れた。

斎の意地悪な紹介を前にしても、青年はまったく気を悪くした様子がない。斎とは、よほど親しい間柄なのだろう。

「お初にお目にかかります、西園寺様。伊澤顕継と申します。お許しがあれば、碧様とお呼びしてもよろしいでしょうか」

どこかいたずらっ子のように瞳を輝かせる青年に、悪い気はしなかった。珊瑚は、こっくりと頷くと、顕継の顔が、パッと輝やく。

「光栄です、碧様。お噂は狭い社交界では何度も耳にいたします。ですが、なかなかお近づきになれなくて、悔しい思いを何度もしました。なんとも嬋媛《せんえん》な美しさだ」

どこまで本心か、それとも行きすぎた社交辞令なのか。どこか飄々《ひょうひょう》とした雰囲気を持つ青年は摑めない印象の持ち主だ。

「おお、円舞曲《ワルツ》ですね」

広間の中に流れる音楽を聴いて、顕継は目を細めた。

「碧様、よろしければ一曲お願いできますか」

優雅に差し伸べられた手を見て、珊瑚は小首を傾げた。一曲お願いとは、どういう意味なのだろうか。

「……え、と」

口の中でもごもご呟き、慌てて周りを見る。すると、周囲はこの初々《ういうい》しいカップルを、微笑ましく見守っていた。

西園寺家令嬢と伊澤子爵家令息という、似合いの一対である。誰もが目を離せないだろう。

問題は、珊瑚がダンスなどとは無縁の暮らしをしていたことだ。

（ダンス、を、一曲……、ってなに）

珊瑚は身体の中の血が、ざーっと引いていくのを感じた。

どうしよう。どうしよう。どうしたらいいんだろう。

今まで一度も感じたことがないぐらい、脈拍が波打った。この事態を切り抜ける方法がわからない。なにか理由をつけて断るにしても、碧は声が出せない設定だ。いっそ、この場から走って逃げるしかないだろうか。

(逃げたい。走って逃げ、……ううん。それは駄目。だって碧様は、こんな立派な社交の場で、そんな無作法は絶対にしない。じゃあ、どうしたらいいんだろう。どうしたら自然に断れるだろう。声が出ないから、なんて断れば……)

綺麗に化粧した顔に、焦《あせ》りのために汗が滲み出る。手で拭おうとすると、横から伸びてきた手に、すっと止められる。

「すまないが今夜の碧姫は、私が独占する約束なんだ」

突然の声に顔を上げると、斎が今まで見たこともないぐらい、にこやかな微笑を浮かべて自分を見つめていた。

(斎……っ!)

彼は優雅に手を差し伸べると珊瑚の手を取り、軽く目礼をしてくる。

「斎、碧様を独占とは酷いじゃないか。美姫の手を取るチャンスは、どの男にも平等に与えられるべきだろう」

さすがにこの暴挙には、顕継も抗議の声を上げる。だが斎は澄ました顔で肩を竦めた。

「顕継、悪いが今夜は諦めてくれ。私も一日千秋の思いで、今宵を待っていたんだ。おまえには、別の日に権利を譲るとしよう。碧様、それでよろしいでしょうか?」

急に話を振られた珊瑚は、わけもわからずコクコク頷いた。この助け舟に乗らなくては、死んでしまうような勢いだ。

その二人の様子を見て、顕継は仕方がないと溜息をつく。

「まったく……っ。おまえは子供の頃から、唯我独尊《ゆいがどくそん》だ。せっかく碧様とお近づきになれる機会だったのに」

ぼやく顕継は、どうやら碧と踊ることを放棄したらしい。残念そうな表情を浮かべているけれど、その目は笑っている。どうやら、この事態を楽しんでいるようだ。

「まぁ、物事に執着しない斎が、めずらしく主張してきたんだ。わかった。この場は引こう。だが次は絶対に譲らないぞ。碧様、残念でございます」

最後のひと言は、珊瑚に向けてだ。

「ありがとう、顕継。では碧様。お手をどうぞ」

そう言われて差し出された手を取ると、広間の中央へと誘《いざな》われる。

どういうことだろうと怯える珊瑚に、斎は唇を耳元に寄せてきた。

「音楽に乗って、身体を揺らすんだ。正式のステップが踏めなくても、誰も咎めない」

そう囁かれて斎を見上げると、優しい瞳に見つめられた。

（斎のこの目、どこかで見たことがある。どこで……）

優雅な音楽が流れ出すと斎は珊瑚の手を取り、軽やかにステップを踏む。珊瑚は斎の胸に顔を伏せて、なんとか身体を揺らすだけだ。

「まぁ、なんて初々しい組み合わせでしょう」

華やぐ賞賛の声を聞きながら、珊瑚は慣れないダンスに戸惑うことなく、魅力的に振る舞っている。それは斎も驚くほどの優美さだ。

斎も驚いたのか、珊瑚の耳元に唇を寄せて、そっと囁く。

「驚いたな。ステップは目茶苦茶だが、実にエレガントだ」

「え、えれが、と？　ってなに」

「あとにしよう。今はダンスに集中したまえ」

「集中、えぇと、一箇所に集まること。ダンスが一箇所に集まるってこと？」

「解釈が違う。黙っていなさい」

「じゃあ、さっき言っていた、一日せんしゅうって？」

「……黙って」

低く囁く声に、胸が大きく波打った。

斎の返事は素っ気ない。だが、こんなふうに抱き合えるなんて嬉しかった。

この間みたいに唇を合わせるのも、すごく気持ちがいい。でも、こうやって斎に抱かれているると安心感がある。

それに今日の斎は、いつもとちょっと違う。すごく優しくて丁寧な扱いをしてくれる。

（碧様の格好をして社交界に出ると、こんなに優しいんだなぁ）

別に普段が厳しいわけではないが、とても丁寧に扱ってくれるのは新鮮だ。まるで自分が、とても価値のある宝石になったみたい。たまには、こんな斎もいいと思う。

だが浮かれる反面、『そうじゃない』と、心の中で警鐘が鳴っていた。

（誤解しないように。誤解しないように。自分は、ただの身代わりなんだから）

そう思っていると、「どうしたのかね」と小声で囁かれる。

「え？」

「顔を上げなさい。きみは西園寺家の姫君だ。もっと姿勢を正して」

ちょっと物思いに耽っただけで、このお小言っぷり。

……でも。それでも、斎とこんなふうに抱き合っていられるのは、すごく嬉しい。

「はい、ごめんなさ」

言い終わる前に、ガシャンッと大きな音が耳を打つ。何事かと顔を上げると、広間の大きな扉から入った男が二人、声高に珊瑚へ論《あげつら》った。

「西園寺公爵家の後継者は如何《いか》なる令嬢かと思いきや、ただの小娘ではないか」

礼装に身を固めているけれど、粗野な口ぶりが人となりを表している。

「まったくだ。あのような小娘に西園寺家の財産がすべて受け継がれるかと思うと、そら恐しい。ものの価値もわからん子供ではないか」

音楽は彼らの嘲笑《ちょうしょう》を消すことができない。広間にいる紳士淑女は、皆がこの男たちの出現に眉を顰めた。

彼らは碧を攻撃し、あわよくば悪い印象をこの場にいる者に浸透させようとしている。

あまりにも品がなく、そして傍若無人《ぼうじゃくぶじん》な振る舞いだ。そんなことをして、なんの意味があるというのか。却って自身を貶《おとし》めているという自覚はないのだろうか。

まだ曲が終わっていないのに、斎は男と話をするというように身体を向ける。その瞬間、珊瑚は嫌な気配を感じ取り、斎の服を摑んで、かぶりを振った。

「斎、だめ」

「放しなさい。久邇家の夜会に、彼らは相応しくない」

「だめっ。あの人たちと関わっちゃ駄目。いいから、なにも言わないで」

今までにない強い語気に、さすがの斎も動きが止まった。

その珊瑚と斎の様子を見て、どう思ったのか。男たちがにやにや笑い出した。

「西園寺の小娘が男の服に縋って、なにか言っているぞ」

嘲笑に満ちた言葉を聞いて、珊瑚は怒りのために表情がなくなっていく。

（こんな奴らに、碧様を侮辱させているなんて）

悔しかった。普段の碧が、いかに優雅で聡明で、優しい少女か知っているからこそ、この謂《いわ》れなき侮辱は許しがたい。

そんな珊瑚の気持ちを嘲《あざ》笑うかのように、男たちは皮肉な笑いを浮かべている。

「先代の西園寺当主がご立派な方だっただけに、あのような娘では話にならん」

「あんな小娘は夜会になど出ずに、虫と遊んでいるほうが似合いだ」

洩れ聞こえた会話に、珊瑚は今度こそ真っ直ぐに男を見た。

（今、虫って言った）

思わず斎を見上げると、彼は眉間に深い皺を寄せていた。どうやら彼らの会話が、斎にも聞こえたらしい。

（斎は、ものすごく怒っている。彼らだけじゃなく、喧嘩を止めたぼくに対しても憤っているのがわかる）

そう思った途端、胸の奥が引き絞られるみたいに痛くなった。

（でも、ぼくが怒られてもいい。あの人たちと斎を近づけちゃ駄目だ）

根拠がないと言われれば、それまでだ。だが、珊瑚は斎を護るために、絶対に彼らに近づけたくなかった。

（碧様だったら、なにを言われても、きっと動じない。凛《りん》とした方だから）

この感情のことを、なんと言うのか。斎と碧のことを思い出すと、どうして息をするのが苦しくなるのか。

曲が変わったところで珊瑚と斎はお辞儀をして、広間から離れた。

9

広間では音楽が鳴り響き、談笑する声は続いている。その賑やかな音を、珊瑚は会場の隅に置かれた椅子に座って、聴くともなしに聴いていた。

まだまだ夜会は終わろうとしなかったが、珊瑚はもう眠くて仕方がない。それを察した斎は、そっと肩を抱いた。

「本来なら、とうに就寝の時間だ。眠いだろう」

「ううん、大丈夫。まだ平気だよ」

強がってはみせても、瞼が落ちているのは誤摩化しきれない。斎は口元だけ微笑んだ。

「無理をしなくていい。久邇公爵も部屋に戻られたようだし、我々も退散しよう」

そう言われて、ほっとする。本音を言うと眠さに勝てそうになかったし、ずっと音楽が鳴り、絶え間なく人々の話し声がするこの状況に馴染めなかった。

「碧様、おめでとうございます」

そのとき突然、華やかな声をかけられる。びっくりした珊瑚が顔を向けると、そこには以前も話をした、白木夫人がいた。華やかな紫色のドレスを着た夫人は、にこやかに近づいてくる。

珊瑚は会釈で答えた。

「まぁ、まだ喉の調子がお悪いのね。お気の毒だわ」

「白木夫人、ごきげんよう。いらしていたんですか」

「ええ。久邇公爵は大好きですから、出席させていただいているの。それより碧様、正式に西園寺家のご継承を認可すると、宮内省《くないしょう》がお認めになられたのですね。おめでとうございます」

突然の言葉に、斎の頬がぴくりと動く。確かに碧は女性の身なので、爵位継承は認められない。華族として、当然である。だが、特例中の特例として、財産は相続することが認められた。

しかし、めでたい話ではあるが、このような場所で話すことでもない。

「白木夫人。そのお話は後日、もっと人のいないところでお願いできますか。ここは、人の耳も多い」

斎が改めて言うと、白木夫人は「あっ」という顔をした。

「ご、ごめんなさい。おめでたい話だから、つい、うっかり」

「いいえ。事実ですから問題はございません。ただ、最近は無粋な者も多いですから」

けして大声で話をしていたわけではないが、壁に耳ありだ。白木夫人も、素直に頭を下げた。

「碧様、不躾なことをして申し訳ありません」

珊瑚はにこやかに微笑み、かぶりを振った。白木夫人は天真爛漫《てんしんらんまん》なのだが、ちょっと口が軽いのが玉にキズだ。だが、そんな困ったところも合わせて、夫人の魅力なのかもしれない。

謝りながら、そそくさと退出する白木夫人を見守りながら、斎はふぅと嘆息する。幸い、周りにいる人々はダンスや談笑に忙しく、こちらに構っている様子もない。

「あの、碧様が財産、を相続するのって、もうわかっていることでしょう？　なぜ言っちゃいけないの」

珊瑚が小声で訊くと、斎は渋い顔をする。

「正式に発表されたことではない。西園寺家当主は代々皇族と関わりが深いし、前当主の奥方が宮家ご出身だったこともあって、特例中の特例として認可された。とはいえ、声高に話をするものではない。このような場では特に」

「そうなの？」

「他人が得をしたり特例を授かったりすると、妬《ねた》む人間は必ず出てくる」

斎が言うのは、不特定多数の者が出入りする場所で、晴れがましい話は極力しないほうがいいという意味だ。珊瑚はよく意味がわからなかったけれど、黙って頷く。いつものように質問責めにしていい場所とは、思えなかったからだ。

「長居をすると、また別の方から声をかけられるかもしれん。そろそろ退散しようか」

斎は受付から毛皮のショールを取ってくると、珊瑚の肩にかけてくれる。碧の毛皮だが、柔らかくて軽い。

「さっきも思ったけど、これ、すごく温かいね。ふかふかで気持ちいい」

毛皮に顎を埋めて言うと斎は片方の眉を上げ、呆れた顔をする。

「そんなものが欲しいのか。ご婦人でもあるまいし。まぁ、珊瑚が欲しいと言うなら、明日にでも手配しよう」

「い、いらないいっ。欲しいなんて、ひと言も言ってないっ。いらないからねっ」

「毛皮は紳士でも利用する。……ほら、そこに実例が歩いてくるぞ」

なんのことかと顔を向けると、顕継がこちらに向かって歩いてくる。その長身は見事な黒い毛皮の外套に包まれていた。

「やぁ。きみたちも退散か。今日は楽しかったね」

「こんな早い時間に、もう帰るのか。おまえには、まだ宵の口だろう」

「さすがに深夜零時に宵の口はないって。それに斎が碧姫を独占していたから、つまらなかったよ。碧様、お名残惜《なごりお》しゅうございますが、本日はこれにて」

そう挨拶されて、珊瑚も目礼で答えた。

「よろしければ駐車してあるお車まで、エスコートする幸運をいただけますか？」

顕継が改まった口調で言うが、珊瑚には意味がわからない。

だが、ここで「エスコートってなに？」と訊くわけにもいかず、困り果てて無言で斎を見た。

すると、とんでもない答えが返ってくる。

「碧様、お車まで顕継につきそってもらって、よろしいですか。私は久邇公爵夫人に、ご挨拶して参ります」

その言葉に「えぇっ?」とうろたえる珊瑚に、斎は顔を寄せて囁いた。

「すぐそこの駐車場までだ。口は利かなくていい」

そう囁くと、珊瑚の肩をポンと叩く。

「では、顕継。碧様をお願いしよう。碧様、のちほど」

そう言われて顕継と二人きりにされた珊瑚は、途方に暮れてしまった。口が利けない設定なのに、この青年とどう対応すればいいのか。

そんな珊瑚に顕継は優しい声をかけてくる。

「碧様。そんな泣きそうな顔をなさらないでください。むろん紳士として失礼のないよう、お車までエスコートさせていただきます」

泣きそうな顔と言われて、思わず自分の顔を両手で押さえる。顕継はそんな様子を微笑みながら見つめると、珊瑚の背をそっと抱くようにして玄関から出た。宴はまだまだ終わりを告げないらしく、外へ出る人間はまばらだ。

「久邇家は防犯に気を遣って、玄関前に車を停めることができません。申し訳ありませんが、駐車してある場所まで少々歩いていただきます」

そういえば来るときも玄関前でなく、駐車場から少し歩いてきた。それを思い出して珊瑚が頷くと、顕継は「ありがとうございます」と笑う。

「姫君によっては、駐車場まで歩くこともご負担に思われる方もいらっしゃるので、徒歩《かち》をお許しいただけて助かります」

大した距離でもないのに、歩くことを厭う姫もいる。珊瑚はちょっと驚きながら屋敷の裏に歩いていくと、駐車場では、運転手が深々と頭を下げている。

「碧様。お待ち申しておりました」

運転手がドア開けてくれた後部座席に乗り込むと、顕継は車の外に立っている。珊瑚が首を傾げると、彼はにこやかに微笑んだ。

「私はこれにて失礼します。碧姫に、またお逢いできますように」

そう言って珊瑚の手を取り、軽くくちづけた。

「これは、これは。西園寺家のご当主が、こんなところで男と逢い引きですか」

突然の野卑《やひ》な声に珊瑚と顕継が振り向くと、そこには先ほど広間で碧を揶揄《からか》った男が立っている。

（こいつ、さっきの男だ）

「西園寺家の姫君が、こんな場所ではしたない。今夜、咥《くわ》え込む男でも物色中ですか」

言っている意味はわからないが、男の口調と目つきから、ろくなことは言われていないと察しがつく。珊瑚が眉を顰める前に顕継が黙っていない。

「きみはなんだ。碧様を侮辱すると、ただではおかんぞ」

「おお、失礼つかまつった。貴殿が今宵の碧嬢のお相手か」

げらげらと笑う男からは、酒気が漂っている。酔っているのだ。

「無礼な。碧様に謝罪したまえ」

「おやおや、素晴らしい騎士ぶりだ。しかし貴殿は、おわかりでない。この少女は、宮内省の役人を誑《たぶら》かして、がめつく親の遺産を搾取した魔性の女ですぞ」

碧の目の端に、運転手がそろそろと回り込み、運転席のドアを開けようとしている。このまま車を発進させようとしているのだ。

「黙れ！」

「おや、貴殿はもう、この女狐《めぎつね》と懇ろになられたか。可愛い顔をして、とんでもないやり手だ。お味はいかがでしたかな」

男はニヤニヤ笑いながら、車に近づこうとした。顕継が珊瑚との間に立ち塞がる。

「西園寺公爵閣下が亡くなるまでは、令嬢として大事にされていた女ですから、それなりに具合がよろしいでしょうよ」

「下郎っ、口を慎めっ！」

「気取らなくてもいいですよ。この女は」

男の低俗な言葉は、そこで途切れた。珊瑚が驚いて顔を上げると、顕継が男を蹴り飛ばしているのが目に入った。

男が倒れ込んだ瞬間、運転手がドアを開けて、運転席に転がり込んでくる。そして、すかさずエンジンを始動させた。

「車を出せ！　碧様をここから逃がすんだっ」

顕継がそう叫んだ瞬間、車のエンジンがかかる。運転手がペダルを踏んだ。

そのとき、斎の姿が後方に現れたのが見えた。

「斎！」

珊瑚は自分が口を利けない設定ということも忘れて、運転手に大声で怒鳴る。

「車を停めて！　斎がまだ、あそこに！」

「ご主人様は大丈夫です。まず碧様の安全確保を」

だが、その斎の後ろから、他の男が歩いてくる。先ほど、『西園寺の小娘』と憎々しげに言った、もうひとりの男だ。すごい目で斎と、そして珊瑚たちを見ていた。

あの男を見て嫌な気持ちになったことを思い出し、ゾッとする。

「いいから停めて！」

珊瑚は運転席に座る運転手の首にしがみつき、ぐっと力を込めた。子供のような体格だから、さしたる力はない。それでも不意を突かれた運転手は、反射的にブレーキを踏んだ。その途端に車が急停止する。

珊瑚は後部座席のドアを開けて、大きな声で斎の名を叫んだ。

「斎！　走って！」

その声で弾かれたように斎と、そして顕継が走り出す。二人が後部座席に滑り込むようにして乗り込むと、運転手は一気にペダルを踏んだ。

男はなにかを叫びながら、珊瑚たちが乗っている車に向かって突進してきた。自分の仲間である男が地に倒れ込んでいるのを見て、逆上したらしい。

「西園寺碧！　降りろ！」

車中にいる誰でもなく、碧を名指しで降りろという。その目は尋常でなく炯々《けいけい》と光っている。

男は車体をバンバン叩き、ものすごい目で珊瑚を睨みつけた。

個人的に碧に恨みがあるというよりも、莫大な財産を継承する若き女当主に対する妬みが、男をここまで駆り立てるのだ。珊瑚は知らない間に自分の身体を抱きしめる。

「車をバックさせます、摑まってくださいっ！」

運転手が大きな声で言ったかと思うと、突然、車を発進させる。男を振りきると、あっという間に走り出した。その途端、後部座席では顕継が大きな溜息をつく。

「すごいな。バックで発進させるとは」

斎が溜息とともに呟くと、運転手は困ったように笑う。

「褒められた手法ではありませんが、怖い思いをさせてしまい、申し訳ございませんでした」

荒々しい運転だったらしく、運転手はしきりに謝罪する。斎の隣に座った顕継が、「いや、助かりました」と溜息をついた。

「あの男、匕首《あいくち》を持っていたんです」

その言葉に、車中は静まり返る。男が持っていた凶器は、見間違いでなかったのだ。一歩間違えば、大変なことになっていた。

珊瑚がずっと抱いていた違和感の正体は、これだったのだろうか。

「じゃあ、あのままにしていたら危ない……っ」

珊瑚の言葉に、顕継はかぶりを振る。

「すぐに官憲に連絡しましょう。それと、久邇家にも警備の者が大勢おりますから、即座に取り押さえるように伝えます。あいつらを逃がしません」

自信のある言葉に珊瑚が目を瞠《みは》ると、顕継はぶっきらぼうに言った。

「私の父は、警察庁で総監を務めております。あいつらは、ただではおきません」

その頼りがいのある言葉にホッとする。

「それはともかく碧様は、お声が出るようになったのですか」

緊迫した空気の中、恐る恐るといったふうに顕継が訊ねた。その途端、珊瑚はハッと唇を押さえた。この騒ぎで、すっかり化《ば》けの皮が剝《は》がれている。

「あ、あの……っ」

「それに、ずいぶんと鷹揚な話し方をされますね。とても話し易いですが、西園寺家令嬢にしてはあまりにも……」

　不信感でいっぱいの様子が、ありありと伺える。確かに、車に乗ってからの珊瑚は、公爵家令嬢とは思えない口調でしゃべり、行動してしまった。

　すると、珊瑚の隣にいた斎が渋い声を出す。

「先ほどの男は、西園寺家の遠縁に当たる方々です。何度か法事でお見かけしました。遠縁といっても血の繋がりなどない、ゴロツキと言ってもいいでしょう。ここしばらくの一連の騒ぎも、関係あるかもしれません。逮捕されたとしても、どれだけの罪状を問えるか、まだわかりません。……それよりも碧様、なぜ車を戻させましたか」

　地獄の底から響くような声に、車中は水を打ったように静かになる。

「あの状況で、運転手が車を停めるわけがない。あなた様の判断ですね」

　冷えた空気が車内を包む。居たたまれなくなったのは、まず顕継だった。

「あ！　あそこに派出所がある！　あそこで助けを求めよう！」

　妙に大きな声を出して、車を停めるよう指示を出す。同じく車内の空気に耐えられない運転手が真っ先に同意した。

「かしこまりました！」

　いきなり車線変更をして、車は派出所の前で停まった。顕継が一目散に車を降りると、車内は斎と珊瑚、そして運転手だけになる。

「あの……」

恐々と斎を見ると、彼の表情はまったく動いていない。ものすごく怒っているのが、この空気の重さでわかる。珊瑚は車のシートに、膝を抱えて座り込んでしまった。

「お説教は、帰ってからだ」

斎からは、冷たい声が返ってくる。運転手は不自然なぐらい前を向きっぱなしだ。たぶん、不穏な空気を感じて動かない気なのは、容易に想像がつく。

珊瑚は、早く顕継が戻ってきてくれないかと祈る気持ちだったが、彼が戻っても、木戸家に帰ったらお説教されるのは間違いないのだと気づき、小さな溜息が出る。

斎の言いつけを破りまくったのだから、五分や十分のお説教で済むなんて、生易しいことは考えていない。斎が本気で怒っているのは、火を見るよりも明らかだからだった。

10

「なぜ私と顕継のために、車を戻したんだ」

木戸家の屋敷に帰って斎が最初にしたのは、珊瑚へのお説教だった。

顕継を自宅まで送り届けると、斎はむっつりした顔で「帰宅する」とだけ言った。

運転手は長く木戸家に勤めているから、主人の気難しさは慣れている。彼は速やかに車を木戸家へと走らせた。

二人が帰宅して珊瑚の部屋に入ると着替える間も与えられないまま、斎は微に入り細を穿《うが》つごとく、延々と怒り続ける。

その勢いに、宗司もお美津も、そして誰より碧も、心配して部屋を覗きに来る始末だ。

「斎、珊瑚をもう怒らないでください。わたくしの代理をきちんと務めてくれたのですから」

碧が心配して口を挟む。そして、普段は差し出がましい真似をしない宗司までもが、珊瑚を庇った。

「ご主人様、実家の用事のために今日は同行していないお美津までもが、思わず口を出す。

「ご主人様、恐縮ではございますが、珊瑚様もお疲れのご様子です。今夜はそろそろ」

「あの、お茶の用意が整いました。ご主人様、ひと休みされてはいかがでしょうか」

姫君からメイドに至る者までが、入れ替わり立ち替わりに部屋を訪れ、珊瑚の許しを嘆願するのだ。これには斎が最初に切れてしまった。

「碧様。お気遣い痛み入ります。ですが、お構いなく。珊瑚には言いたいことが、山ほどございますので。これ以上の哀訴歎願《あいそたんがん》は結構でございます」

決して激していない。だけど、その冷静な声が却って怖い。

「碧様は、どうぞお部屋にお戻りください。宗司も美津も仕事に戻りなさい。仕事が終わっているなら、もう休みたまえ。これ以上、私を煩わせないでくれ」

斎の怒りに勝てる者は、木戸家にいなかった。碧も宗司も、もちろんお美津も、全員がこっぴどく叱られた子供のように、部屋を追い出される羽目になった。

「ここはもう、ご主人様にお任せするのが得策かと存じます」

廊下に溜まった三人は、こそこそと相談をする。最初に匙を投げたのは碧だ。

「わたくしたちが顔を出すと、斎の苛立ちが増すでしょう。ここはいったん、様子を見守ることにしませんか」

姫君のひと言で、宗司もお美津も頷いた。そもそも、こんな廊下で碧を交えての立ち話など無礼千万だ。西園寺家のご令嬢。身分違いも甚だしいのだから。

珊瑚の部屋で繰り広げられるお説教は気にかかるが、自分たちの出る幕ではないと悟った三人は、早々に退散することになった。

□□□

椅子に膝を抱えて座り込んだ珊瑚は、頭の上を通り過ぎる斎の説教が、早く終わってくれないかと、それだけを念じていた。

説教されるのが嫌なのではなく、怒っている斎を見るのが、つらかったからだ。

確かに運転手の首を絞めつけてまで車を停めたのは、珊瑚が悪かった。だが、そうでもしないと、斎を助け出せないと思ったのだ。

(斎、すごく怒っている。怒る声は低いのに、ガサガサして、引っかかるみたいな感じ。これは、とっても怒っているんだろうな。……ぼくが怒らせちゃったんだな)

大好きな斎が、自分が起こした不始末のせいで心をすり減らして怒っているのがつらい。

悲しくて怖くて、ちゃんと斎の顔が見られない。その態度が、斎の神経に障ったらしい。

「きみは私の話を、ちゃんと聞いているのか」

「き、聞いてま、す」

しどろもどろに返事をしたが、斎の怒りはまったく治まっていない。それが恐ろしく、そして悲しかった。

終わりなく怒られている珊瑚は、なんだか目の奥が痛くなってくる。

どうして、こんなに痛いのだろう。いや、痛いのではないと珊瑚は気づいた。

（痛い……、ううん、それだけじゃなくて……）

自分の短慮が斎を怒らせてしまった。どうして、自分はちゃんとできないのだろう。

どうして。どうして。どうして。

（ぼくはいつも、ちゃんとできない。いつも怒られる。いつも嫌われる。斎に嫌われたら。お母さんみたいに、ぼくのことを嫌ったらどうしよう。……どうしよう）

そう考えただけで恐ろしくなり、目の奥が痛くて熱い。

斎の怒りに追いつめられた珊瑚は、なぜか母親に憎まれていたことを、今の状況と重ね合わせ始めていた。

斎に嫌われる。嫌われる。もう、お屋敷を追い出されるかもしれない。追い出されたら、斎に逢えなくなる。逢えなくなっちゃう。そんなの嫌だ。

哀しみと怯えは、いらぬ感情を引きずり出す。珊瑚はいつの間にか、涙を浮かべていた。

「大体、きみは私の言うことを聞いていないだろう。反論は聞かな…」

斎の叱責が止まった。椅子に蹲って座る珊瑚が、大粒の涙を浮かべているからだ。

いくら手厳しい叱責を受け落ち込んでも、子供でもあるまいし泣く必要はないのだ。

「……なにを泣いているんだ」

「え?」

真面目な声で指摘されて顔を上げると、その拍子に涙がぽたぽた流れ、頬から顎を伝って、服を濡らしていく。

「あ、た、大変……っ、碧様のドレスが」

ドレスの上へ零れて弾けた涙は、あっという間に染み込んでしまう。お美津があんなに心配していたのに、自分が濡らしてしまった。

「どうしよう、お美津があんなに心配していたのに……っ」

斎の手が珊瑚の頬に寄せられる。顔を上げると斎の顔が、すぐそばにある。

端正で彫りが深く、そして瞳が宝石のようだ。

「泣くな」

「え?」

「そんなふうに泣かれると、こちらが悪いことをしたような気がしてくる」

その言葉に瞬きをすると、またしても、パタパタパタっと涙が頬を伝う。

以前、母の訃報を耳にしたとき、そして斎に嫌われたと思って流した液体が、今も珊瑚の頬を濡らしている。

珊瑚は首を傾げて涙を拭き取り、濡れた指先を見て呟く。

「……どうして涙って出るのかな……」

「悲しくて、やるせないときや感情を揺さぶられるとき、人は泣く」

「やるせない？」

「どうにもできないこと、つらく悲しいことだ」

では、今の珊瑚の気持ちは『やるせない』で間違いない。

好きな人に想いが伝わらず、気持ちを告げることもできないのは、『やるせない』。自分は、ずっとこんな気持ちのまま生きていくのだろうか。

大好きな斎に、愛しいと思う気持ちを告げられないまま。『やるせない』気持ちを抱いたまま、腐敗していくのだ。

「斎のことを考えると、やるせない。やるせなくて、どうにもできなくて、胸が苦しい」

突然なにを言い出すのか、珊瑚は自分の口を押さえようとした。だけど、この切ない気持ちは抑えられない。

「いつもいつも、斎のことを考えただけで、頭の中がぐるぐるする。痛くて、嬉しくて、どきどきして苦しい」

「私のことを考えると、どきどきして苦しい？」

「息ができなくなりそうになる。これって、病気なのかな」

そう。胸が苦しい。苦しくて苦しくて、とてもやりきれない。

この気持ちを、どうしたらいいのか。斎に伝えたら、楽になれるのだろうか。

やるせなくて苦しくて、でも、自分でも説明できない、この想いを。

「ぼくね、斎のことが好きなの」

今まで、ぐるぐる悩んでいた感情が、突然ぽんと唇から零れた。

「あ……っ」

珊瑚の唇から、思わず驚きの声が洩れる。だけど斎に想いを告白すると、胸の痞《つか》えが取れたみたいに、すぅっとする。

喉を塞いでいた棘《とげ》のようなものが取れた感じ。

（言っちゃえば、それでいいんだ）

言葉にするといいのだと思った。胸の中に溜め込んだものは、言葉にすれば霧散して誰かに届くのだと、やっと気づいた。

「初めて会ったときは火事だったたし、ものすごく燃えていて、本当に怖かった。けど、助けてくれて嬉しかった。斎に抱きついていれば、絶対に死なないって思った」

告白というよりは、吐露《とろ》だ。心の中に溜まった鬱屈を、ただ口に出したに過ぎない。だけど、後先をまるで考えていないことが気持ちよかった。

「木戸家に連れてきてくれて、傷を見たのに嫌がらなかった。すごく嬉しかった。あと、お風呂にも入れてくれたでしょう。あんなこと、生まれて初めてだった」

自分の背中の傷は、綺麗なものじゃない。むしろ、目を背けられて当然だ。

だけど斎は違う。勲章で誇りだって言ってくれた。矜持とも言ってくれた。

自信と誇りを持って、堂々としていい。

それが、ぼくの矜持。

いつまでも虫に怯えて泣いている子供じゃない。

「斎、すき」

するりと言葉が零れ、流れるみたいに空気に溶けた。

（ああ、そうか。言葉にするのって、こんなにも気持ちがいいんだなぁ……）

「すごく好き。斎が、だいすき」

その告白をどう思ったのか、斎は片方の眉だけ上げて、苦々しい口調で呟いた。

「大好きの理由が、風呂に入れたことか」

「ん、んんー……、それだけじゃない。けど、お母さんはぼくの背中を見ると、醜くて汚いって言っていた。斎は、ぼくの傷を尊いって言ってくれたでしょう。すごく嬉しかった。あのときから、ぼくは斎がだいす」

「き」と言おうとして、言葉が奪われた。斎が覆い被さるみたいに身体を屈め、椅子に座っている珊瑚にくちづけしてきたからだ。

「ん、……んぅ」

濡れた音がして、唇が離れる。怖いぐらい近くに、斎の顔がある。

斎が恋しい。この切ない想いは、思慕ではない。珊瑚が生まれて初めて感じた幼い恋心だ。

その相手にくちづけられて、頭が蕩けてしまいそうだ。

「斎、斎……っ、すき。だいすき……っ」

必死で言った。今、言わなかったら、この想いが消えてしまいそうで、怖かった。

しがみついて、小声で想いを告白すると、斎の唇が珊瑚の瞼の上に降りてくる。

「斎は、……ぼくのこと、嫌い？」

囁く声で、くだらないことを問うた。不安だから確認したい。

碧よりも好きでいてほしいとは、絶対に言えない。自分なんか、碧に敵《かな》うわけがない。でも、
ほんの少しだけでも、自分が斎の心の中にいたい。

必死の思いで斎を見ると、彼は眉間に皺を寄せた表情をしていた。こんなに苦しそうな顔を
させているのは、自分なのか。

そう思うと悲しくて涙が浮かんだ。すると斎は、また瞼にくちづけしてくる。

「どこをどう取ったら、私がきみを嫌いになるんだ。莫迦なことを言うな。きみは男がする接
吻の意味を知らないのか」

「せ、せっぷんって、意味ってなに？」

「愛情や、尊敬の気持ちを表すために、大事な人にくちづけするんだ」

低い声に囁かれて、背筋が痺れた。

「私が、きみのことを嫌いだと？　この可愛い耳は飾りものか。私は嫌いな人間のために、自宅を提供するような慈善家ではない。ましてや接吻など」

「ぼくね、……不安だよ」

「不安？」

「ぼくは、なんにも持っていない。なんの価値もない。お母さんにも、いらない子だと思われて蔵に火をつけられた。そんな人間が、斎に愛されるわけがない。だから。いつか斎に見捨てられそうで、不安で仕方がない」

自分の心を吐露してしまうと、ものすごく不安な気持ちになる。

こんな鬱陶しいことを言ったら、今度こそ斎に見放されるかもしれない。でも、言わなければ気持ちの整理がつかないと思った。

これ以上ぐるぐると考えているのはつらい。

「好きになってもらえなくてもいい。でも、ぼくのことを嫌いにならないで。怒らないで。碧様ばかり大事にしないで。たまにでいいから、もっと、ぼくを見て」

ぐるぐるぐると音を立て、どうしようもない感情が蠢いている。

いつも普通の顔をしていても、珊瑚の心の中は、醜い気持ちで溢れている。

だって不安だから。愛されることに慣れていないから。でも、斎に愛されたいから。

「きみは……、どこまで愚かなんだ」

低く呻《うめ》くように吐き棄てると、斎は珊瑚の身体を強く抱きしめた。身体が痛くなるぐらい、強い力で。

「愚かしげで心弱く、臆病《おくびょう》で幼《いと》けない。かと思えば、大量の虫を見ても怯まず叩き潰し、泣いているメイドを庇い、慰めてやる強さ。暴漢から私を救おうとする芯の強さ。出会ったときから、一秒も目が離せない」

なにを言われているのか、ちゃんと頭に入らない。珊瑚がまばたきを繰り返すと、またしても抱き竦められて、瞼にくちづけられた。

「珊瑚、きみが愛おしい」

溜息のような声で囁かれ、背筋が震えた。

「聞こえているか。きみを愛しているんだ」

熱い吐息が言葉になって、珊瑚の睫を揺らす。くすぐったさに、ちょっとだけ身を捩《よじ》る。すると、力強い手が背中を支えた。

きつく抱きしめられていると、息が止まってしまいそうだ。痛くて苦しくて眩暈《めまい》がする。だけど、それが嬉しい。もっと強く抱きしめてほしい。もっと苦しくしてほしい。

なにも考えられなくして。もっともっと、きつく抱きしめて。

唇が塞がれて、熱い吐息を感じた。愛されている喜びに満ちてゆく。

何度目になるのかわからない抱擁と、甘いくちづけ。珊瑚は今さらながら、これが接吻なんだなぁと思った。

斎が離れると、珊瑚は自分の濡れた唇にそっと触れてみる。

「どうして斎は、ぼくにいろいろしてくれるの？」

どこか痛いような、苦しいような表情で斎は珊瑚を見つめた。

「そもそも嫌いな人間に、珊瑚など贈らない。あの石は、愛おしい者を護る意味がある。だから、きみに贈った。あんな贈り物を誰かに渡すなんて、生まれて初めてだ」

「碧様に、贈り物をしないの？」

「どうしてこの状況で、碧様の名前が出てくるんだ。畏れ多くも碧様は大切な姫君だ。それだけでなく、毅然として美しく、そして心優しい。尊敬すべき女性だ。だが、崇《あが》め礼讃《らいさん》する以上の感情はない」

「だって、……だって、すごく優しい目で、碧様を見ていたよ」

「なんの話をしているんだ」

「だってね、あんなふうに見つめられるなんて、すごく羨ましいって思った。ぼくなんかは敵わないって、そう思った」

「ぼくなんかと言うな」

「だって、ぼくなんか」

そう言った瞬間、斎の両手が音を立てて珊瑚の頰を包んだ。

「ひ、ひど、なにするの」

「面倒だが、誤解から訂正しよう。まず碧様には、生まれながらのご婚約者がおいでだ。お相手は由緒正しいお家柄の、眉目秀麗《びもくしゅうれい》教養溢れる立派な方で、私も何度か、お目にかかった」

「こんやく、ってなに？」

「婚約者。結婚を約束したお相手のことだ」

「けっこん……」

「男女が婚姻届という契約書を交わし、死ぬまでの間、一生、そばにいることだ。長い人生の間には子供も生まれる。そして、お互いの最期《さいご》を看取《みと》ることも含まれる」

「みとるって？」

「死にゆく者を最期まで看病し、死に水を取ってやることだ」

珊瑚が微かに首を傾げると、斎の掌に頰をすり寄せる格好になる。甘えている姿勢が心地よくて、うっとりとしてしまった。

斎は真摯な眼差しで珊瑚を見つめ、それから厳かな声で言った。

「私たちも、一生、一緒にいよう」

「斎……」

信じられない言葉に、珊瑚はまばたきを繰り返した。

今、斎は一生と言った。これは夢だろうか。

珊瑚は震える声で、ゆっくり話した。ゆっくりでないと、声が震えると思ったからだ。

「一生って、生きている間のことを一生っていうんだよね」

「そうだ。生まれてから死ぬまでの生涯を表す言葉が、一生だ」

「しょうがいって、あと何年？」

「とても長いかもしれない。明日、突然に終わるかもしれない。それは誰にもわからない。だが私はその時間を、きみと過ごしたい。きみと分かち合いたい」

「斎が死ぬのは嫌だ。ぼくを置いていくなんて、酷いよ」

無茶苦茶な理屈を言う珊瑚の頬を、斎は優しい手で撫でてやる。

「そうだな。好きな相手を喪うのは、この世で最もつらい。だけど、死の間際までお互いの手を握りしめ、『幸福だった』と言える人生を送ろう」

斎は目元に皺を寄せて微笑み、珊瑚の顔を覗き込んでくる。その笑顔を見ていると、また目元が熱くなった。

（信じていいの？）

そう珊瑚の耳元で囁くのは、もうひとりの珊瑚だ。そいつは背後から珊瑚の両肩を包み込み、耳元に唇を近づけている。

（裏切られるかもしれないよ。斎も突然、ぼくのことを嫌いなるかもしれないよ）

（誰か別の人を好きになって、斎も珊瑚の前から消えてしまうかもしれないよ。人の心なんて、

信じちゃいけないよ）

（珊瑚はお母さんに嫌われた子供だよ。誰も珊瑚のことなんか、好きじゃないよ）

珊瑚自身が考えていた不安を、もうひとりの珊瑚は囁いてくる。その声は優しく、同情深い。心が弱っている今、信じてしまいそうだ。

でも。それでも。

「……いいの？　ぼくが、斎のそばにいて、本当にいいの？」

信じたい。この人を信じたい。ついていきたい。

「そばにいてくれ。そして、私をそばに置いてくれ」

斎のその言葉を聞いて、珊瑚の瞳から大粒の涙が零れ落ちた。そして、珊瑚の肩を抱きしめていた、もうひとりの珊瑚が霧散していく。

「はい……っ」

そう言った瞬間、斎は珊瑚をきつく抱きしめる。息が止まる抱擁は、先ほどと同じ。でも、今度は珊瑚も斎の背に手を回して、自分より大きく逞《たくま》しい身体を抱きしめた。

自分は人生の終焉《しゅうえん》まで、この人のそばにいていいのだ。この人の手を離さなくていいと、斎自身が許してくれた。

ふたたび流れていく涙を、斎はどう思ったのか。唇を寄せて涙を拭い、ふっと顔を上げて珊瑚を見つめる。

「きみに贈った血赤珊瑚は、魔除けだと言ったが」

そう言われて、つねに身につけている赤い石のことを思い出した。

「この赤い珊瑚は、きみの鼓動。血の流れのすべてが、石に流れ込んでいる。この石を身につければ、きみは強くなれる」

斎は珊瑚の首に下げられた赤い宝玉にくちづけし、ついでのように珊瑚にもくちづけする。

「魔除けだけじゃない。幸福になれる、奇跡の石だ。私と、そして、きみを幸福にする魔法の石だよ」

「ぼくは、この珊瑚にたくさんの力を貰ったよ。本当に奇跡の石だね」

「私にとって、きみが宝石だ。私にたくさんの力と守護をくれる、何者にも代え難い、私の珊瑚。きみは私だけの、赤い宝玉だ」

信じられないぐらい甘く優しい声で囁かれた。珊瑚はもう、この場で死んでしまっても、幸福だろうと目を閉じる。

いつも胸の奥に刺さっていると感じていた棘は、もう、跡形も感じられない。

それは自分が幸せだからだ。

11

「ん……ふ……う」

甘ったるい声が密やかに響き、それを追いかけるように寝台が軋《きし》む音。

纏わりついていた衣服もそのままに、大きな寝台の上で抱き合った。覆い被さる斎の皮膚は、少し冷ややかだ。でも、とても心地いい。

素肌を晒《さら》していると、ものすごく頼りない気がする。そんな珊瑚の気持ちを知ってか知らずか、斎は抱きしめる力を緩めなかった。

「斎……」

「きみは、すごく繊細で、……すごく綺麗だ」

甘い言葉を囁きながら、斎は熱い瞳で珊瑚を見つめていた。

そんな目で見られると恥ずかしい。珊瑚はまだ、着替えていない。碧のドレスを身につけたままだった。

「あ、あの、ま、待って。ドレスが皺になっちゃう」

「ドレス？」

慌てた珊瑚の言葉を聞いて、斎はなんとも微妙な顔になる。

「そんなもの、どうでもいい」

傍若無人な言葉に流されそうになった珊瑚は、頭の中で少女の声が蘇った。

『あたしの涙で汚していいドレスじゃありませんっ！』

お美津は自分の涙よりも、このドレスを守ろうとした。抱きしめようとした珊瑚の手を押し退《の》けて、床に突っ伏してしまったぐらいだ。彼女がそこまでして護ったドレスを、自分が汚していいなんて思えない。

「だっ、駄目っ！　皺になったら、お美津が悲しむからっ」

「……また、美津か。碧様のドレスだから、そこは碧様が悲しむとなるだろう」

「あ、そっか」

雰囲気がよくなっていたのに、珊瑚の緊迫感のなさで台無しである。斎は溜息をつくと珊瑚の腕を引っ張って、身体を起こさせた。

「わ、ぁ」

斎は抱き起こした珊瑚の背中に手を回すと、合わせを外してしまった。あっという間に肩がはだける。

「失礼」

まるで果物の皮を剝くように、ドレスを脱がした斎は、眉間に皺を寄せて、下着姿の珊瑚を見つめた。

「……その格好はなんだ」

「え？　し、知らない。お美津が着せたから、ぼくは知らないっ」

まっ平らな胸には必要ないと判断されたのか、絹の肌着一枚。下はドロワーズと呼ばれる、提灯《ちょうちん》型の下着きを穿かされている。

裾が細いリボンで結ばれていて、提灯のような形をしている下着きは、欧米で婦人たちが愛用しているものだ。

「けしからん。実に、けしからん」

「け、けしからんって、なに？　……わぁっ」

斎は珊瑚を片手で抱きしめると、片方の手でドロワーズを引き下げてしまった。お臀から太《ふと》腿《もも》、もちろん性器まで丸見えの状態にされてしまう。

「な、なにするのっ、酷いよ」

「酷いは、こちらの台詞だ。男の欲情を刺激する格好をして、なにするの？　じゃないだろう。けしからんにも程がある」

そのまま抱き竦められて、くちづけられた。その甘い感触に、珊瑚の気持ちが蕩けて、くにゃくにゃになってしまった。

斎はいったん珊瑚から身体を離すと、着ていた服を脱ぎ、椅子へと放り投げる。がっちりした筋肉が浮き出た裸体は、実に男らしく逞しい。

珊瑚は裸に剝かれた抗議も忘れて、その美しい体軀を見つめた。

（すごい……、かっこいい……）

じっと見つめていると、斎は眉根を寄せて後ろ首に手をやる。

「そんな目で見つめるな。照れるだろう」

「うん、でも、だって……、素敵だもん。すごく」

囁くように言うと、斎はますます眉間の皺を深めた。そして寝台に片膝を乗せると、ヘッドボードに身体を寄せている珊瑚の顎を摑む。

「素敵か。この身体は、おまえのものだ」

囁くように言うと、珊瑚の唇を塞いだ。嚙みつくような、くちづけだった。

□□□

くちづけを何度も繰り返されている間に、背中に回った斎の指が珊瑚の双臀《そうでん》を割り、ゆっくりと長い指が体内に入ってくる。その淫《みだ》らな感触に珊瑚の身体が、びくびく揺れた。

「つらいのか？」

斎が低い囁きが聞こえた。珊瑚は必死にかぶりを振る。その間も、体内に挿入された指は、蠢いていた。慣れない感触と淫らな愛撫《あいぶ》は濃厚すぎて、言葉が奪われたみたいだ。

「あ……や……」

「嫌なのか。すんなり入った。痛くないだろう」

「いたくない、けど、やぁ、あ、ああ……っ」

斎が密やかに笑うと、その振動で、身体の中に入り込んだ長い指まで震えるみたいだ。

摑まれた性器の先端を、斎に指の腹で擦り上げられると、嫌でも甘ったるい悲鳴が上がる。

唇から零れるのは否《いや》の言葉なのに、珊瑚の身体は、けして逃げてはいない。

それどころか斎の指を体内の奥深くへと誘い込むように、腰を猥りがわしく蠢かしていた。

なにも知らない無垢な身体は、生まれて初めての悦楽を貪欲に求めて、淫らに身悶えていた。

「珊瑚。欲しいなら、もっと私を誘ってごらん」

「ひ、……あ……っ」

そのうち、頭がぼうとして、なにも考えられなくなった。

「あ……、斎、……斎……っ」

ぞくぞくと身体が震える。涙が溢れそうになるのを、必死で抑える。

「小さな臀だな」

いきなり露骨な囁きが耳朶に触れて、我に返った。

「な、なにを……」

抗議しようとすると、大きな手が珊瑚の髪を、さらりと撫でる。

優しい、本当に優しい手で。

「あんまり華奢で小さいと、壊しそうで怖い」

見下ろす斎の瞳は、狂おしいほどだ。その瞳を見ているだけで、珊瑚の胸はどんどん苦しくなってくる。もう、息もできない。

「苦しくないよう、気をつける」

熱に浮かされたようになっている珊瑚の耳に、熱い吐息が吹き込まれ、またくちづけられる。小鳥が啄《つい》ばむような、甘やかなくちづけだ。

「注意するって、な、なに……」

「静かに。私を信じて、力を抜いていなさい」

「ん、んん……く、ふぅ……んん……っ」

「なんて声を出すんだ。……くそ」

唸《うな》るような声が聞こえたかと思った瞬間、最奥に硬く濡れたものが押しつけられた。

「え……？」

「少しだけ我慢してくれ」

囁かれて身体を竦めた瞬間、身体がぐぅっと開かれる。珊瑚が大きく目を見開くと、宥めるように瞼にくちづけられ、そのまま頭を抱え込まれた。そして、ゆっくりと大きな性器が、珊瑚の内部へと入り込んでくる。

その生々しい感触に、無意識に息が、ひゅっと吸い込まれた。

「ひ……あ……あ、あ、あ、あ、……っ」

「……き、ついな」

ほんの少し身体を動かすだけで、体内に挿入された性器が蠢く。

「いた、い、痛いよ、やだ、やぁあ……っ」

身体の奥から、今まで聞いたこともない音がする。それと同時に、大きなものが珊瑚を支配しようと蠢いている。

怖かった。なにをされているのか、なにをしているのか、まったく知識のない珊瑚にとって、恐怖以外の何ものでもないからだ。

自分の上にのしかかっているのが、大好きな斎だとわかっているけれど、痛みと恐怖が波のように襲ってくるのが怖い。

怖くて怖くて、ぎゅっと目を瞑ってしまった。だが、

「珊瑚。目を開いて」

優しくて、甘やかすみたいな囁きが耳朶をくすぐる。その声に誘われるみたいにして瞼を開くと、斎が穏やかな顔で、自分を見下ろしているのがわかった。

「斎……」

「そんなに痛くて怖いなら、もう止めよう。私は、きみを大事にしたい。こんなことで、きみを傷つけるつもりはないんだ」

斎はそう言うと、珊瑚の体内に入れかけていた性器を抜こうと、身体を引く。珊瑚は慌てて、その斎の首にしがみついた。そして、「駄目っ！」と大きな声を出す。

「駄目、ぬ、抜かないでっ！」

「だが、きみの身体は性交渉が初めてだ。もっとちゃんとした……」

「違う、斎はちゃんとしてる。ぼ、ぼくが駄目だから」

そう涙目で訴えると、額にふわっと唇が触れた。斎のくちづけだ。

「しー……。落ち着きなさい。わかった。このまま、抜かずにいよう」

斎はそう言うと、珊瑚の身体を引き寄せ抱きしめてくれる。珊瑚の身体には、まだ半分ぐらい、彼の性器が挿入されたままだ。

「は、恥ずかしい……、あの、ぜんぶ中に挿れていいから……っ」

どうしていいかわからず、思わず口走った言葉は思いもかけず卑猥だった。

「きみは可愛らしい顔をしているのに、とんでもなく大胆なことを言う」

ほんの少しだが、斎の声には呆れが滲んでいる。その呆れを感じ取り、珊瑚の身体が小さくなってしまった。こんな裸で抱き合う状況で、相手を呆然とさせてしまったのだ。

珊瑚が思わず俯くと、涙が滲む。黙ったまま顔を背けていると、斎はぐいっと顎を掴み、強引にくちづけてくる。

「ん、んん……っ」

斎のくちづけは抵抗することを許さず、強引に珊瑚の口腔を舐めねぶっていく。肉の厚い斎の舌先が口蓋を舐めると、それだけで珊瑚の身体がぞくぞく震える。

「あ、ふ……っ」

声を出した瞬間、唇の端から二人の唾液が流れ落ちた。肌を滑るその体液が、淫らに光っている。それは、とても淫らな光景だ。

ようやく唇が外れると、珊瑚はたまらなくなって、斎の首にしがみつく。

「斎、斎、いつき……っ、あ、ああ、おねがい、挿れて、いれて……っ」

逞しい身体に縋りつき、熱い肌を擦りつける。性的な知識がないからこそ、無垢な珊瑚は淫蕩といえた。

「まったく……。きみは自分がなにをしているか、わかっているのか」

呆れかえったような斎の言葉に、ハッとして顔を上げる。自分は今、なにをしていたのだろうか。

斎が自分から離れてしまいそうで、怖くて必死にしがみついてしまった。だけどそれは、はしたないことだったのか。

「ご、ごめんなさい……、でも」

「でも、じゃない。きみは誰かと肌を合わせたこともないくせに、どうしてこうも、扇情的に男を誘うんだ」

斎がなにを言っているのかわからず、珊瑚はきょとんとまばたきを繰り返す。すると斎は深い溜息をつく。

「斎……？」

「いや、取りあえず今日は、もう止めにしよう。きみに無理をさせたい訳じゃない。ただ、こうやって抱き合えれば。それでいい」

斎の言葉は胸を、あまりに優しい。その思いやり深い言葉は温かいけれど、同時に珊瑚の心を抉るみたいだ。

優しくされるだけでは、心の奥深くで滾る想いは伝えられない。

じんじんするぐらい痛い感情を、どうにかしたい。

「ううん。ぼくね、斎が欲しい。痛くてもいい。どんなにぼくが泣いても、止めないで。奥まで挿れてほしいんだ」

「珊瑚……」

その言葉に斎は驚いたような表情で珊瑚を見つめた。それから少しだけ眉根を寄せ、苦しそうな表情を浮かべる。

斎のそんな顔を見ると、また胸がどきどきする。息がうまく吸えなくて苦しくなって、どうしていいかわからなくなる。

「斎、だいすき」

何度目になるかわからない告白をすると、斎は頷いた。

「本当にすき。だいすき。ぼくには、斎しかいない。斎しかいらない」

そう言うと、斎は苦しいのを耐えるような表情を浮かべ、それから「ありがとう」と囁いた。

「ありがとう。私もだ。……私も、きみを愛している」

斎はそう囁くと、珊瑚からいったん身体を離した。

「あ、ああ、あああっ、やだぁ……っ」

濡れた音を立てて性器を引き抜いた斎は、珊瑚の身体を寝台の上で、四つん這いにさせる。こんな格好をしたことがない珊瑚は、不安になって背後にいる斎へ振り返ると、「大丈夫」と優しく言われた。

「負担の少ない格好で、ゆっくりきみを愛したいんだ。それに」

斎の大きな手が、ゆっくりと珊瑚の背中を撫で擦る。その優しい手に、ぞくぞくした。

「い、斎……っ」

「前から、きみの背中にくちづけしたかった。苦しみを闘い抜いた、この美しい背に」

そう言うと斎は身体を屈め、四つん這いの珊瑚の背中にくちづけた。

「あ……っ」

斎の唇が、自分の背中に触れている。

そう思っただけで、身体中に震えが走る。

斎が。あの綺麗な唇で。優美な舌先で。自分の傷痕が残る醜い皮膚に、躊躇いもなくくちづけたのだ。怖いぐらい身体が震え上がった。

「斎、いつき……っ」

珊瑚の惑いなど知らぬように、斎は傷痕の酷い背中に舌先を這わせ、ぞろりと舐め上げる。熱い舌先が傷で盛り上がった皮膚を舐るのは、とてつもない快感だった。

「やぁぁ、ああ、ああ、あああぁ……っ」

熱い舌は珊瑚の官能を揺さぶった。もう身体を支えることができず、四つん這いのまま、珊瑚はシーツに顔を埋めてしまう。

「気持ちいいのか。いいよ、一度、出してしまうといい」

甘い声で囁かれたが、性的な知識が乏しい珊瑚には斎がなにを言っているのか、わからなかった。

ただもう、身体を支えることができない。そして、体内をぐるぐると蠢くものの正体がわからない。なにもかもが怖くて仕方がなかった。

すると斎が身体を擂り寄せ、珊瑚の背中に覆い被さるようにして性器を摑んだ。

「や、やだ、やだぁっ、触らないでぇっ」

必死で叫び、斎から離れようとした。だけど、しっかりと抱きしめられた身体は、身動きすることができない。

斎は珊瑚の首と肩に唇を這わせながら、握った性器を上下に動かしていく。途端に珊瑚の唇から甘ったるい嬌声が上がった。

「あぁ、ん、ぁあ……っ」

悲鳴みたいな泣き声を上げながら、珊瑚は寝台の上へと逃げ出そうとした。だけど、背後から抱きしめられると、もう逃げることはできなかった。

珊瑚が泣き声を上げても、斎の指は止まらない。いつもは手袋で隠された、火傷で傷つき痕が残る掌は、その瘢痕《はんこん》が珊瑚に思いもかけない快楽を与えたのだ。

「やぁ、あ、ああ、やだぁ……っ、斎の、手、ごつごつしてる。やだ、これなに、やだぁ、すごい、すごい……っ」

生まれて初めての快楽は、あっさりと初心な珊瑚を篭絡した。背後から抱きしめられ、肩先にくちづけられながら性器を握られると、もうどうしていいのかわからないぐらい、気持ちがよかったからだ。

淫らに濡れた音が、身体の奥から聞こえてくる。その音は、珊瑚の脳髄まで侵していくみたいに響いた。

「珊瑚、気持ちいいなら、出してしまいなさい。大丈夫、ちゃんと受け止めてあげるから」

そう囁かれて、必死でかぶりを振った。性的に未熟というよりも、なにひとつ知識のない珊瑚にとって、この悦楽はあまりに未知であり過ぎた。

「だ、出すって、わかんな……っ、あ、ああ、やだ、やだぁっ。なんかくる、きちゃう、やだぁ、ああ、あああああん……っ」

大きな声を上げたそのとき、斎の指が珊瑚の性器を強く擦り上げる。その刹那、珊瑚の性器から白濁が吹き出す。

「あ――――……っ」

総毛立つような快感と、とてつもない開放感が身体を包む。

放埓を終えても、珊瑚の身体は小さく震えていた。斎はその身体を抱きしめてやり、痕が残っている背中を、丹念にくちづけていく。そして、その掌には珊瑚が放った白濁が受け止められている。

息を乱している珊瑚を見つめながら、斎は自ら受け止めた体液を、たった今、絶頂を迎えて震えている性器に塗りこんでいく。

「あ、ぁあ、あ」

射精したばかりで、先ほどよりも敏感になっている性器に触れられ、珊瑚の身体がびくびく震えた。もどかしい快感に、焦れていたのだ。

「珊瑚。どうする？　今なら、まだ止めてやれるが」

同じことを訊く斎に、珊瑚は健気にかぶりを振った。

苦しかったけれど、もっともっと欲しかった。

斎が欲しい。斎の心と、気持ちと、笑顔と、声と。そのすべてが欲しい。

身体の中を抉《えぐ》る痛みに耐えれば、きっと斎と愛し合える。珊瑚は本能的に、そのことを知っていた。

「もう少しだけ、我慢してくれ」

斎は珊瑚の目じりに滲んでいる涙を舌先で拭うと、ゆっくりと身体を奥まで進めてくる。ミシミシと音が立つようだ。

「あぁぁぁ……っ」

とろとろに蕩けていた珊瑚の粘膜は、抵抗もなく大きな性器を根元まで受け入れていく。

「あ、ああっ、や、ああ……っ」

初めての経験に耐えきれず、泣き出しそうになった瞬間、溜息のような熱い囁きが耳朶をくすぐった。

「珊瑚、……すごく……、いい」

その囁きが聞こえてきたとき、ぞくぞくっと震えが走った。

「斎……、気持ちいい、の？」

必死にそれだけ問いかけると、斎は珊瑚の肩に伏せていた顔を上げた。そして恥ずかしそうに小さく笑う。子供のような、無垢な笑顔だ。

「ああ……いいな。すごく、いい」

すごくいい。すごくいいって、言ってくれた。その言葉を聞いた瞬間、身体中が痺れたみたいになる。

――うれしい。

今まで感じたこともないような感情が湧き起こって、体内が熱くなった。いっそ蕩けてしまいそうだ。すると抱きしめる腕の力がさらに強くなる。

「動くぞ」

低い声が聞こえたと思った瞬間、深く突き上げられた。その途端、大きな塊が、ずしんと身体を征服した。

あんまりにも大きな存在に、もう声もない。ただひたすら必死で斎の背にしがみつく。

「……あ、ああ……っ、斎、……あ、斎……っ」

大きなその手は、とても温かい。

なんだか暗闇の中で、ぽぅっと灯りが点《とも》されたみたいな、そんな錯覚に囚われる。ものすごく優しくて、温かな気持ちになれる。

――……そんな気がする。

12

斎と珊瑚は抱きしめ合い、何度もくちづけを交わした。唇を離したあと、珊瑚はふたたび臀を高く上げた格好をさせられて、斎を深いところまで受け入れていた。

「あ。や……、ああっ、あっ、あっ、あっ、あっ！」

ぎしっと大きな音を立てて、腰の奥を突き上げられた。その瞬間、目が眩《くら》む火花が、目の裏で爆《は》ぜた。

「あ、や、ああ、やあ……っ」

生まれて初めてのことに、頭がついていけない。顎を仰《の》け反《ぞ》らして、何度も息を吐き出した。

(これ、なんだろう)

(光が、ぱちぱちする)

(腰が溶けちゃうみたい。溶ける、溶ける……っ)

珊瑚は嫌と泣きながら、貪婪《どんらん》に男を締め上げる。それが、とても恥ずかしい。だが斎は、抉り込むように腰を打ちつけた。

「ああ……、すごくいい。想像以上だ」

「や、あ……ひ……く、……っ！」

とうとう泣きじゃくってしまった珊瑚を、斎は目を細めて見つめていた。

「あ、あああ、ああ、あ、ん、あああ、ああ、あ、あ、……ぁっ！」

「ここが、きみの弱点だな」

どこか笑いを滲ませた声で囁かれ、ゆっくりと突き上げられる。そうされると身体が揺れて、どこかに飛んでしまいそうだ。

「やだぁ、あ、あ、あぁ……っ」

「もっと腰を揺らしてごらん、ゆっくりとだ」

なにを言われているか、わからない。わからないけれど、言われたとおり腰を揺らした。すると、また身体に電気が走ったみたいに痺れて、なにも考えられなくなる。

果実を潰すような、そんな音が聞こえた。あんまり生々しくて耳を塞ぎたい。でも腕に力が入らず耳を塞ぐこともできなかった。結局、揺さぶられるまま淫らな音を聞くしかなかった。

「あ、あ、あ、壊れちゃ……、壊れちゃうよぉ……っ」

唇から唾液が零れたけれど、夢中で、くちづけを交わした。それでも送り込まれる性器は何度も突き上げてくる。

とろとろに蕩けた瞬間、性器の先端から透明な蜜が大量に溢れ出した。抑えようと思っても、

抑えられない。

「ああ、ああ、ああ、んん、ああああんんんんっ！」

がくがくと痙攣《けいれん》し始めて、頭が真っ白になる。その珊瑚を斎はきつく抱きしめ、深く身体を打ち込んだ。

「ああ……っ」

深く性器を穿たれても感覚が麻痺《まひ》したように、痛みを感じない。珊瑚は無意識に身体をくねらせて、貪欲に斎を求め続ける。

普段の珊瑚と、まるで別人のような淫らさに、斎は口元だけで笑った。

「いい子だ。いくか。私もだ。一緒にいこう」

唸るような声が鼓膜を焼く。痙攣みたいに身体が引きつり、跳ね上がる。

「ひ、う……っ、ひ……あ、……ああ……んん……っ」

押し寄せる官能に流されそうになり、必死で斎の手を握りしめた。それから、甘ったるく淫《いん》蕩《とう》な吐息を吐き出す。

斎は歯を食い縛るような表情で、放埒《ほうらつ》の快感に耐えていた。珊瑚もうっとりとした表情で開放を迎える。

深い溜息をついた斎が、ゆっくりと性器を引き抜いた。そして、優しい手つきで横たわる珊瑚の髪を撫でる。

「ん……う……ふ……」

恍惚《こうこつ》の表情を浮かべている珊瑚を見て、斎は満足そうだ。

「気持ちよかったか。私もだ。最高だった」

「ん……ん」

言葉を返すことができなかったから吐息だけで応えると、その様子をじっと見ていた斎は、困ったように目を細める。

「この小悪魔め。とんでもない魔性だ」

「……ましょう……？　ってなに……？」

「なんでもないよ。きみは寝ていなさい。喉は渇《かわ》いてないか。それとも身体を拭いてあげようか」

どこまでも甘やかす声に珊瑚は、ふふっと笑った。

「……なにを笑っている」

あまりに甲斐甲斐しい世話焼きに珊瑚は思わず微笑みが洩れてしまった。

「ううん。こうしてくれてれば、それでいい」

囁くように答えると、斎は珊瑚を凝視して搾り出すような溜息をつく。いったい、何度目の溜息なのか。

「斎？」

斎は寝台に置かれた珊瑚の手に自分の掌を合わせると、ぎゅっと握りしめた。その手はとても温かく、とても頼りがいがある。

だが、その大きな掌には、まだ傷痕が残っていた。そう、初めて斎と出会ったときに負った、火傷の痕だ。

手の甲は無傷だったから、一見して傷を負っているようには思えない。だけど掌は痛々しい傷痕が残った。

珊瑚の視線に気づいた斎も自分の手を見て、なにかを思い出したように口元を歪める。

「火事のときは無我夢中だったから、痛みは感じなかった。今は、もう痛まない」

珊瑚の気持ちを読んだのか、先回りして答えられてしまった。

「……前も、痛くないって言ったね」

「そうだったかな。痕が大きいだけで、痛みはないからな」

嘘だと珊瑚は察した。こんな大きな痕になったのだから、痛まないはずがない。

それはもちろん、珊瑚の心配する気持ちを慮ってくれたから、『痛くない』と答えてくれているのだ。

これが斎の優しさであり、男らしさだった。

珊瑚は、そっとその手の傷を指先でなぞってみる。傷はもう皮膚も固まっているので、ボコボコした感触が指に伝わってきた。

見ず知らずの珊瑚のために、斎は命を懸けてくれた。いくら感謝しても足りない。

「なんだ？　くすぐったい」

「うん……、ありがとう」

そう囁いてから、斎の瞳を、じっと見つめる。

「ぼくは斎に助けてもらって、斎に生かされた。これから、ずっと斎のために生きていく」

そう言ってから、目の前の傷だらけの掌に、そっとくちづけた。

珊瑚を火の海から救い、現実に引き戻してくれた大きな手。この人の掌の中で、自分は生きていくのだという思いを込めて。

「斎、だいすき」

そう言って微笑みを浮かべると、抱き寄せられて、唇を奪われる。

何度もくちづけた唇は、柔らかくて弾力がある。果実みたいな感触だ。

しばらくの間、くちづけを交わしていたが、斎はそっと唇を離した。それから珊瑚の耳朶や耳殻《じかく》に触れてくる。

「あの火事のとき、きみは崩れてきた天井の隙間に埋もれて、なにもできずに震えていた。そのきみが私の服を握りしめ、『怖い』と言ったんだ」

「ぼくが？」

「そうだ。覚えていないか？」

珊瑚は黙って、かぶりを振った。あの業火の中で自分がなにを言ったかなんて、覚えていられない。

「か細い声で、死にたくないと言って私にしがみついてきた子供を、助けたかった。なんとしてでも、この火の海から救い出し、日の光が当たる場所へ連れていきたいと思った」

「斎……」

「もちろん、私自身だって不死身じゃない。炎の勢いに足が竦んだ。だけど、か細いきみを抱き上げたとき、身体に力が漲《みなぎ》るのが自分でわかった」

まさしく修羅場の中で、斎はそんなことを考えていたのか。

大の男ですら震え上がる業火の中で、他人のためにそこまで身を投じ思い遣れるものか。

珊瑚がずっと握りしめていた斎の掌に唇を近づけ、音を立ててくちづけた。斎は驚いたような表情で珊瑚を見る。

「……これを骨抜きと言うんだな」

それだけ言うと、斎はそっぽを向いてしまう。

そしてみるみるうちに、彼の耳朶が真っ赤に染まっていく。その変化に驚いて、珊瑚が言葉もなく見守っていると、斎は機嫌が悪そうな顔をしていた。

だが、その頬は、ほんのりと赤い。照れているのだ。

「斎、顔が真っ赤だよ」

「見るな」

「でも斎、耳まで真っ赤に」

「きみの言うとおり、私の耳は真っ赤だろう。そんなこと、言われなくてもわかっている」

なかば自棄《やけ》になっているらしい斎は、言いたいだけ言うと珊瑚の身体を引き寄せて、ぎゅっと抱きしめた。どうやら、恥ずかしくなると抱きしめてしまうのが斎のクセらしい。

「斎、あのね」

「なんだ」

耳どころか首筋まで真っ赤にしている青年が、普段、どれだけ洒脱《しゃだつ》な紳士か知っているだけに、とんでもなく可愛らしく映る。

珊瑚は斎の背に両手を回し、きゅっと抱きしめ返す。心臓の音が自分のものか、それとも斎のものか、わからなくなるほど近い。

「あのね、だいすき」

舌足らずな子供の声でそう言うと、斎の息が止まるのがわかる。だが、すぐに大きく呼吸をして、額にくちづけられた。

「大好きと連呼しなくても、わかっている。私なんか、大好きどころか愛しているんだ」

「あい、してる……って、綺麗な言葉だね」

「そうだな。人類が使う、一番大切な言葉だ」

斎がぶっきらぼうに言うのを、珊瑚は真面目な顔で聞いていた。

「うん、ぼくも斎のことを、あいし、てる」

「……そうか」

斎は珊瑚の言葉をどう思ったのか、きちんと起き上がり、服装を整える。

「私も珊瑚を愛している。この想いは、生まれ変わっても変わらない」

斎の言葉に珊瑚は目元に涙を浮かべて、その大きな背を抱きしめた。

苦しくなるぐらいの力で抱きしめられていると、斎にとって自分は、必要な人間なのだろうと思えてくる。

これは、うぬぼれなのか。それとも強い愛の感情なのか。

考えているうちに、だんだん眠くなってくる。珊瑚は斎の項《うなじ》に顔を押しつけて、瞼を閉じる。もう、難しいことは考えていられない。

大人しく力強い腕に抱かれながら、珊瑚は喉元をそっと押さえる。首元には、斎から送られた珊瑚が下がっている。この赤い石がある限り見えない棘から護られる。

そう考えると、なんだかおかしい。ちょっと眠ったら、斎にも教えてあげよう。

この宝玉が、どれだけ自分を助けてくれたか。力をくれたか。

斎を想う力をくれたのか。

「珊瑚、寝たのか？」

優しく問いかける声の次に、瞼にくちづける感触が降りてくる。そして、柔らかな毛布が肩にかけられた。

「おやすみ。目覚めたら、朝日が昇っている。きみを祝福する美しい光が」

そう囁かれたあと斎は珊瑚を抱きしめて、自らも眠ったようだ。珊瑚は愛おしい人の鼓動を耳にしながら、自分も深い眠りに落ちる。

言いようがないくらい、幸福な気持ちのままで。

end

あとがき

弓月です。このたびは拙作をお手にとっていただきまして、ありがとうございました。

カワイ先生とは以前、Daria文庫の『誘惑の果実』という本で、お仕事をご一緒させていただきました。

その本の表紙では金髪の攻がタキシードを着ていたのですが、フォーマルに弱い私の心に、クリーンヒット。イラストを拝見しながら一人で床をパンパン叩いたのも、いい思い出です。

今回もラフ画を拝見して、「おー」とか「うー」とか「あー」とか意味のない呻き声を上げ、あげく、我が家の猫の背中をパンパン叩いて「超かっちょいいな！」と喜びの声を上げました。無駄に背中を叩かれた猫には、迷惑そうに睨まれる始末。猫よ、ごめん。

カワイチハル先生。今回も素晴らしい作品を、ありがとうございました。

またお仕事ご一緒させていただく機会がございましたら、何卒よろしくお願いいたします。

今回もとんでもない進行で、またしても担当様、Daria編集部皆様には、ご迷惑をおかけしました。すみません。床に額を擦りつけながらお詫び申し上げます。謝って済むレベルじゃないことは、重々承知しておりますです、ハイ。毎度おなじみの謝罪になり聞き飽きたかと存じますが、本当にすみませんでした。

営業、製作、販売、この本に携わる全ての皆様。いつもありがとうございます。皆様のご尽力があって、初めて読者様に本が届きます。お目にかかる機会がありませんが、今後とも、よろしくお願いいたします。


そして読者様。ここまで読んでくださって、ありがとうございました。

私のような駄目人間でも、読者様が読んでいただけると思うと頑張れます。本当ですよ。読んでくださる方がいなければ、こんなに長い文章なんて書けないです。いやもう本気で、ありがとうございました。


「親に捨てられて、全てを諦めた子供が死ぬ間際に攻に助けられて、その攻に焦がれる話」を、書こうと思いました。

しかし冒頭の火事のシーンを書き終えたらスッキリして、個人的には終わりを迎えた気になってしまいました。物語は終わったどころか、なんにも始まっていません。

お仕事で小説を書く際には、プロットといわれる粗筋を提出します。その上で編集さんと打ち合わせをして進行するので、書くものは最初から最後まで決まっているのです。プロットどおりに書けば淀みなく作業は進むのに、何日も手が止まっていました。しかし、「冒頭のシーンだけだと、珊瑚ちゃんの人生なんも良いことがないじゃん」と、ようやく気がつきました。

生きているか死んでいるか、それさえもわからないシーンで停止って、そりゃあんまりだと思い直したわけです。

「珊瑚ちゃんを幸せにしてあげなくっちゃな！」と作業続行に至りました。

ちょっと大げさに思われるかもしれませんが、わりと葛藤しながら作業していたわけです。

そんな私が仕事をする背後で、我が家の猫たちは、

「ゴハンちょーだい撫でて撫でて遊んで遊んでオヤツちょーだいっ、あっ、なんか楽しいね楽しいねっ毎日がすっごく楽しいねっ」とばかりにドババタコロコロ走り回っていました。

猫はいいですね。心が安らぎます。苛立つことも多いのですが、そこはまぁ置いといて。

そんな感じで、相変わらずオチがありません。すみません。

またお逢いできることを祈りつつ。

弓月あや　拝

イラストを担当させていただきました☺
どうもありがとうございました！

珊瑚ちゃんには、今までの分も斎さんと
一緒に幸せになってほしいです♡

カワイチハル

ダリア文庫をお買い上げいただきましてありがとうございます。
この本を読んでのご意見・ご感想・ファンレターをお待ちしております。

〈あて先〉
〒173-8561　東京都板橋区弥生町78-3
(株)フロンティアワークス　ダリア編集部
感想係、または「弓月あや先生」「カワイチハル先生」係

❋初出一覧❋

赤い珊瑚と、甘い棘……………………書き下ろし

赤い珊瑚と、甘い棘

2015年4月20日　第一刷発行
2015年5月20日　第二刷発行

著者　弓月あや

発行者　及川 武

発行所　株式会社フロンティアワークス
〒173-8561　東京都板橋区弥生町78-3
営業　TEL 03-3972-0346　FAX 03-3972-0344
編集　TEL 03-3972-1445

印刷所　図書印刷株式会社